海外小説 永遠の本棚

けだものと超けだもの

サキ

和爾桃子＝訳

白水*u*ブックス

BEASTS AND SUPER-BEASTS

by

Saki

1914

けだものと超けだもの＊目次

けだものと超けだもの

挿絵＝エドワード・ゴーリー

女人狼

レナード・ビルシターは、興味のつきない現世への感性を欠いた埋め合わせに「あなたの知らない世界」の経験や想像——または創意をたくましくする輩《やから》であった。子供はその手のことが得意だが、あくまで自分だけにとどめて信念をよそへ押し売りしたりしない。そこへいくとレナード・ビルシターの信念は「ごく一握りの選良」、つまり耳を傾けそうな人なら見境なく、くどくど語りこむというものであった。

見えない世界にまつわる彼の寝言とて、不測事による秘儀ネタ増強がなければ、雑談一般から露骨な逸脱はしなかっただろう。ウラル某鉱山に食指を動かす友人といっしょに東欧鉄道旅行に出たのは、ロシア鉄道の大ストライキがただの危惧から現実になりそめた頃であった。戻りがストライキにかかって奥ペルミの僻地に足止めされ、小さな田舎駅で二日ばかり待ちぼうけの折に、行きずりの馬具金物仲買人が同業や地元民から細切れに聞きかじったトランスバイカル伝承民話を英国人に伝授したのである。やがて帰国したレナードは鉄道スト体験談を内輪でやたらと吹聴したが、名にしおうシベリア魔術の話になるとぴたりと貝になり、固有名詞のチラ見せだけでその先へは断じて行かない。それでもさっぱり耳目をひかないと悟って一、二週間後に貝の口をゆるめ、耳新しく途方もないこの超常能力の話を思わせぶりな小出しにして、秘儀を伝授されたごく一握りの者は絶大な力を授かるとか言いだした。レナードの叔母セシリア・フープスはどうも事実より扇情を愛するきらいがあり、甥がかぼちゃを山鳩に変えた目撃談など詳述して聴衆予備軍への宣伝を買って出た。こんなふうに超常能力だなんだと言いたてても、ミセス・フープスの奔放な想像力を証すものでしかないと眉唾する向きもあった。

しかしながら、真贋について疑いや見解の相違はあったにせよ、メアリ・ハンプトンのお泊まりパーティへ到着した時点のレナードが多少ともそんな前評判を獲得していたのも、せっかくありついた名声をわざわざ却下する気がなかったのも確かであった。レナードも叔母もことごとに神秘の魔術や超常能力を持ち出して会話のあらましを埋め、レナード自身が過去や未来にしたこと、できそうなことを謎めかして匂わせたり、暗黙のうちに認めたりしていた。

「それじゃ、わたくしを狼に変えていただきたいわ、ビルシターさん」到着日の昼食時、屋敷の女主人に言われた。

「これ、メアリ」ハンプトン大佐がたしなめた。「その方面に熱心だったなんて知らなかったぞ」

「もちろん雌狼でお願いしますわ」ミセス・ハンプトンは構わずに続けた。「種《しゅ》ばかりか性別まで いちどきに変えられては、混乱して手に余るでしょうからね」

「おふざけ半分にそんなことをおっしゃるのは、いかがなものでしょうか」レナードが応じた。「おふざけなんかじゃございませんわ。まじりけなしの本気は請け合いますわ。ですが今日はご勘弁くださいませ。ブリッジがおできになりそうな方が八人しかいらっしゃいませんの。変身させられてはブリッジテーブルひとつが半端になってしまいます。明日でしたらもっと人数が増えますわ。ですから明晩の夕食後にでも──」

「われわれ現代人はこうした神秘の力を十全に存じませんので、いたずらに茶化すより謙虚に畏《おそ》れるべきではございませんか」レナードは手厳しく評してその話を打ち切ってしまった。

シベリア魔術の可能性を巡って丁々発止とやりあう間、クローヴィス・サングレールはいつになく黙っていた。そして昼食がすむと、わりあい人目のないビリヤード室へパブハム卿を誘ってこんなふうに切り出した。

「おたくの野獣コレクションに雌狼のようなものはいませんか？　まあまあ温和な雌狼などは？」

パブハム卿が考えこんだ。「ルイーザですかな」と言う。「森林狼《しんりんおおかみ》のかなり良好な個体でね。二年前に北極狐《ほっきょくぎつね》数匹とひきかえにもらいました。野生動物の大半は、うちへ来ればすんなり人慣れします。ルイーザなら、雌狼にしては天使のようだと評しても過言ではないでしょうよ。ですが、なぜそんなことを？」

「明晩に拝借できないかと思いまして」クローヴィスの口調ときたら、カフスボタンやテニスラケットの貸し借りなみに無雑作だった。

「明晩？」

「はい。狼は夜行性ですから、夜更かししても別に困らないでしょ」諸事折り込みずみを言外にほのめかし、「日没後、おたくの誰かに連れてこさせてください。そうすれば人目につかずにその雌狼を温室へ入れるのも、わずかな手間ですむはずです。同時にメアリ・ハンプトンが、そっと消える手はずになっています」

パブハム卿は礼を失しない程度に驚き、しばしまじまじとクローヴィスを眺めたあと、くしゃっと破顔した。

「ははあ、そういうおふざけ？　君自身がちょっとしたシベリア魔術をご披露するつもりなんだね。で、ミセス・ハンプトンはいそいそ片棒を担ぐ気なのか？」

「メアリには、とことんやっていいと了承を得ています。あなたさえルイーザの気性に太鼓判を押してくださるなら」

「ルイーザなら大丈夫だよ」パブハム卿が太鼓判を押した。

翌日は泊まり客がいちどきに増え、増えた聴衆に刺激されたビルシターの自己宣伝本能もそれなりに増した。晩餐席上でまたぞろ人知の及ばぬ見えざる力などと盛大にまくしたて、居間で食後のコーヒーが出されてそろそろカード室へという頃合いになってもヨタ話が止まらない。応援団および聞き役兼務の叔母はというと扇情大好きの血が騒ぎだし、ただの話より劇的な見世物を求めてやまなくなっていた。

「そろそろおまえの力を皆さんにご納得いただくような実演をしてくれない、レナード？」と口説きにかかった。「何かを違うものに変えてみせてよ。いえね、皆さん。この人はその気になりさえすれば、そんなことができるんですのよ」と言い放つ。

「あら、ぜひお願いしますわ」メイヴィス・ペリントンが本心から言うと、同席したほぼ全員にそのご要望が伝染した。進んで信じる気になれない者たちでさえ、アマチュア魔術披露の余興には完全に乗り気だった。

確たる結果を求められている、とレナードが感じる程度には。

「ええと。どなたか三ペニー銅貨とか、大して値打ちのない小物をお持ちの方はいらっしゃ――」

「まさか、銅貨を消すなんて子供だましでお茶を濁すおつもりじゃないでしょ?」クローヴィスが軽蔑した。

「せっかくわたくしが狼に変えてと申し出ましたのに、実行してくださらないなら冷淡にもほどがあるんじゃないかしら」メアリ・ハンプトンはデザート皿を持って、インコにいつもの餌をやろうと温室へ出ていきかけた。

「前にもご注意申し上げたはずですが。そうやって精霊をないがしろにして、この力をもてあそぶのは危険ですよ」と、レナードがもったいをつけた。

「あなたにそんなことがおできになるなんて、信じられません」メアリが温室から挑発的に笑い飛ばした。「やれるものなら、やってごらんなさいましよ。ぜひとも狼に変えてもらおうじゃありませんの」

そう言い放ち、メアリはアザレアの茂みに隠れた。

「ミセス・ハンプトン――」レナードがさらにもったいをつけかけ、あとが続かなくなった。うすら寒い風がさっと吹きこむと同時に、インコたちが耳をつんざくほど騒ぎたてたからだ。

「あの鳥たちはどうした、メアリ?」ハンプトン大佐の声と同時に、メイヴィス・ペリントンが全員浮き足立つほど魂消《たまぎ》る悲鳴を上げて逃げようとした。恐怖ですくみあがり、あるいは自己防衛本能にかられててんでばらばらな同席者たちの動きを、こんもり茂ったシダやアザレアのただなかで凶悪そうな灰色の獣がうかがっている。

恐怖驚愕の大混乱から、まっさきにいち抜けたのはミセス・フープスだった。

「レナード！」震え声をきんきんさせて甥を呼ぶ。「ミセス・ハンプトンをすぐ元に戻しなさい！　いつ皆さんに飛びかかったっておかしくないわよ。早く元通りにしてさしあげて！」

「そ、その、戻し方がわからなくて」レナードが他の誰より臆病に縮みあがり、しどろもどろになる。

「なんだと！」ハンプトン大佐が激昂した。「うちの家内を勝手に狼にしておいて、元に戻せませんなどと平気でぬかすか！」

厳正に判断すれば、その時点のレナードの挙動から〝平気で〟などという言葉は逆さに振っても出てこなかった。

「ミセス・ハンプトンを狼に変えたのは絶対の絶対にぼくじゃありません。そんなつもりはみじんもございませんでした」と抗弁した。

「じゃあ家内はどこへ行った？　それに、温室へ入りこんだあの野獣はどこからきた？」大佐が詰め寄る。

「ミセス・ハンプトンを狼に変えなかったと言いきられたからには、もちろんぼくらだって額面通りにとるしかないですよ」クローヴィスが如才なく受けた。「ですが、こうしてまのあたりにする眺めはご主張とまるで逆ですよね、そこはご同意いただけますでしょ」

「ちょっと。あたくしたちみんな、今にもあの野獣に食いちぎられてしまいそうな土壇場に、延々とそんな押し問答をしてなきゃだめなの？」メイヴィスが半べそをかいて憤慨した。

「パブハム卿、あなたなら野生動物の扱いようを心得ておいでででしょう――」ハンプトン大佐がそう水を向けた。

「これまでなじみにしてきた野生動物は」パブハム卿が応じる。「よく知られた業者からしかるべき保証つきで買い入れるか、うちで一から育てたものばかりです。アザレアの茂みをぶらついて、人望ある魅力的な女主人の行方に知らん顔するような人でなしのけだものに出くわしたことはありませんぞ。ただし〝外見の〟特徴から判断する限り」と続けて、「どうやら北米産森林狼の雌成獣に見えますな。灰色狼つまりカニス・ルプス属のありふれた亜種です」

「ああもうっ、学名なんかどうでもいいわよ」野獣にもう一、二歩近づかれて、メイヴィスが金切り声を上げた。「食べ物で釣って、どこか無害な場所に閉じこめておくとかできない？」

「あの正体が本当にミセス・ハンプトンなら、晩餐をさんざん召し上がった直後だから、食べ物にはさほどそそられないんじゃないかな」クローヴィスが言った。

「レナード」ミセス・フープスが涙ながらに懇願した。「おまえがやったんじゃなくても、持ち前のすごい魔力で、みんなが噛まれる前にこの恐ろしいけだものを無害な何かに変えてくれない

――兎とかに?」

「おそらくハンプトン大佐がいい顔をなさらないんじゃないかな、座興の手慰みでございとばかりにご自分の奥方をかわいい動物にころころ変えられたら」クローヴィスが横やりを入れた。

「断じて許さんっ」大佐が雷を落とした。

「これまで関わった狼は、たいてい砂糖が大好物でした」パブハム卿が申し出た。「この狼にも効くかどうか、よろしければやってみましょう」

コーヒーカップの受け皿から角砂糖をひとつ、期待顔のルイーザに放ってやると、ぱくりと宙でとった。見守る一同がいっせいに息をつく。インコを嚙み裂いてもおかしくないのに砂糖なんか食べる狼なら、恐怖のいくぶんかはさっぴかれるというものだ。パブハム卿がさらに砂糖のおかわりでうまくおびき出すや、感謝のあまり吐いたばかりの安堵の息を乱して呑む次第となり、狼のいなくなった温室へ全員がすぐ駆け寄った。インコの餌皿が置き去りにされ、ミセス・ハンプトンは影も形もない。

「ドアの内側から鍵がかかっていますよ!」ぬかりなく鍵をかけた上で、クローヴィスは試すまねをして公言した。

みながいっせいにビルシターを見る。

「家内を狼に変えたのは、自分ではないと言い張るなら」これは大佐だ。「よかったらご説明いただけまいか。あれはどこに消えたんだね、鍵のかかったドアから出入りできんのは明らかだというのに。北米産の森林狼がいきなり温室に現れた経緯説明まで強要する気はないが、家内の行方をただす権利はあるはずだぞ」

知らぬ存ぜぬを必死で繰り返すビルシターに、一同はいらだちと不信のざわめきをぶつけた。

「こんな屋敷、もう一時間だっていられやしない」メイヴィス・ペリントンが言い切った。

「もしも奥様が本当に人外《じんがい》の姿にされて消えておしまいになったのなら」ミセス・フープスが言いだした。「婦人客はみんな、このパーティにのほほんと居残ってられませんよ。狼に付き添われるなんてまっぴらごめんです！」

「狼じゃなく雌狼ですよ」クローヴィスがなだめた。

こんな尋常ならぬ状況下でどうふるまえば正しいエチケットに叶うのか、それ以上解明されなかった。だしぬけに入ってきたメアリ・ハンプトンがすぐさま注目を集めたからだ。

「誰か、わたくしを催眠術にかけたでしょ」声高に憤慨する。「気がついたら、よりにもよって鳥の餌小屋でパブハム卿にお砂糖を食べさせられていたのよ。催眠術は大嫌いだし、お砂糖はお医者に厳しく止められているのに」

説明とみなしてまあよし、という程度には状況がつまびらかにされた。

「じゃあ本当に、あなたに狼にされたのね、ビルシターさん？」すごいすごいとばかりにメアリが声を上げる。

しかしながら栄光の海へ漕ぎ出せるはずの船はとうに焼いてしまい、後の祭り。レナードは力なくかぶりを振るしかなかった。

「あれはぼくの仕業でした」クローヴィスが白状した。「というのもね、たまたまロシア北東部に二年ばかり住んでたことがあるでしょ。あの地域の魔術にかけては、ただの通りすがりさん以上に心得があるんですよ。ですからこうした超常能力を肴《さかな》にするのはまあ大目に見るとして、目に余る口をきかれるとついムラムラっとね。本物の術者ならシベリア魔術でどんなことができるか、一発ご披露しようかなって誘惑に勝てなくなっちゃって。ブランデーをいただけませんか。力を振り絞ったんで、もう気が遠くなりそう」

その刹那のレナード・ビルシターに、クローヴィスをゴキブリに変えて踏みつぶす力があったとすれば、喜んで両方ともやってのけたことだろう。


(The She-Wolf)

「軽い軽い。雌鶏のうち二羽はそのとき卵を生みかけてたんだけど、容赦しなかったわ」

「それなのに、もののはずみだったと思いこませて！」

「まあ、だからね」ローラがまた続けて、「次の転生で、もっと低次元の生き物になるだろうと思うだけの根拠は現にあるわけ。たぶん動物でしょうね。それはさておき、私だって見た目はそれなりだったから、きれいな動物かしらとあてにしてるの。品があってはつらつとして、おちゃめな動物ね。もしかするとカワウソかも」

「カワウソのあなたなんて想像もつかない」と、アマンダ。

「まあね。でも、いよいよの時になれば、天使の私なんか想像もつかないんじゃないの」とローラは言った。

アマンダは黙った。図星だったからだ。

「言わせてもらえば、カワウソの生涯ってわりと面白そうよ」ローラが続けた。「年がら年中鮭三昧で、おとりを鱒の鼻先にぶらさげて何時間もかかるのを待つまでもなく、ねぐらへじかに乗りこんで好き放題につかみ捕りだし。姿もすんなりしてるじゃない――」

「だけど他の面も考えてよ、猟犬がいるでしょ」アマンダがさえぎった。「追われてあくせく逃げ、不安にかられ通しで最後にはやられるなんて、どれだけ恐ろしいか！」

「近隣の半数が見守る中なら、むしろ面白いんじゃない。それはともかく、この土曜から火曜までじわじわ死ぬより悪いってことはないわよ。その後にまた別のものに転生するはずだしね。まずまずいいカワウソで通したら、また人間の姿に戻れるわ。たぶん、わりと未開の――おおかた、まっぱだかで褐色の小柄なヌビア人（北アフリカの有色人種）の男の子あたりかしら」

「冗談ごとじゃすまないんだから、そろそろまじめにやってよ」アマンダがため息をつく。「本当に火曜までしか生きられないんなら、本気でそうすべきでしょ」

実際には、月曜にローラは死んだ。

「もう、ひどく動転してしまう」夫の叔父にあたるサー・ラルワース・クエインに、アマンダはこぼした。「わたくしね、ほうぼうからゴルフや釣りのお誘いをいただいておりますのよ。それに、うちのロードデンドロンは今がちょうど花盛りですのに」

「ローラはいつも、わきまえなしだった」サー・ラルワースが言った。「あれが生まれたのはグッドウッド競馬週間中で、さる大使が屋敷に泊まりがけ、しかも赤ん坊が大嫌いときておった」

「気違いじみた途方もない妄想を抱えて逝きましたわ。あの人の血筋に狂気の要素があったかどうかご存じですか？」

「狂気？　いや、そんな話は聞いておらんな。父親は西ケンジントンに住んでいたが、他はいたって正気だったはずだ」

「自分がカワウソに転生するはずだと思いこんでいましたのよ」アマンダが言った。

「西洋でも、転生思想のやつには実にちょいちょい出くわすよ」サー・ラルワースが言った。「だからといって狂気とまではいくまい。それに、あれほどとっぴな人生だったやつが死後に何をやらかしそうか、決めてかかるのはどんなものかな」

「じゃあ、あの人が本当に動物に転生するだろうとお考えですの？」アマンダが尋ねた。そのときどきで周囲にあっさり流されるタイプなのだ。

ちょうどそのとき朝食室へ入ってきたエグバートは、ローラの死で当然起きるはずの喪失感では足りないほど打ちのめされていた。

「サセックス斑種がやられた」声高に嘆く。「しかも、金曜に品評会へ出すはずだった四羽をそっくり。一羽などは小屋の外へ引きずりだされて、あれほど手間暇と費用をかけた新種のカーネーション花壇のど真ん中で食われた。いちばん大事にしていた花壇と鶏が両方とも全滅だ。まるで、どうやれば最小限の時間で最大限に荒らせるかをとりわけ心得たやつが、狙ってやらかした蛮行みたいだ」

「狐だと思う？」アマンダが尋ねた。

「山猫のようでもあるな」サー・ラルワースが言った。

「違う」エグバートだ。「水かきの足跡がそこら一面についていた。たどっていくと、庭の低地を流れる小川へ出たよ。明らかにカワウソだ」

アマンダはどうしようもなく、ちらりとサー・ラルワースをうかがった。

かんかんのエグバートは朝食も喉を通らず、鶏囲いの柵を補強する采配に出ていった。

「せめてお葬式がすむまで待ってくれたっていいのに」アマンダが、けしからんという声を出す。

「とはいえ、自分の葬儀だからな」と、サー・ラルワース。「自分の亡骸《なきがら》にどこまで敬意を表すべきか、エチケット上難しいところだ」

死者への敬意は翌日さらに失われた。一家そろって葬儀に出た留守にサセックス斑種の生き残りが根こそぎやられたのだ。下手人は退却時にどうやら芝庭花壇の大部分をさんざん踏破したばかりか、低地に設けたいちご畑もやはり荒らしていた。

「カワウソ狩りの猟犬をなるべく早く調達してきてやる」エグバートが声を荒らげた。

「まあ、やめて！　夢にも考えられないわ！」アマンダが声を張って押しとどめた。「だって屋敷からお葬いを出したのに、直後はまずいでしょう」

「必要なんだ、やむをえない」エグバートが言った。「カワウソがそんなまねをしだしたら、どうやっても歯止めはきかんぞ」

「もしかすると、今頃はもうよそへ行ってしまったかもよ。一羽も残っていないんだもの」アマンダがそれとなく言ってみた。

「まるで、あの獣をかばうみたいだな」エグバートに言われた。

「最近はあの川もめっきり水かさが減ってしまって」アマンダはなおも言ってみた。「どこかに逃れる余地がほとんどないのに、狩りをしてもあまり娯楽にはならないんじゃないかしら」

「まったく、何を言っている！」エグバートが息巻いた。「娯楽じゃないぞ。早急に、あの獣の息の根を止めるんだ」

アマンダの反対さえ勢いが弱まった。さらに翌日の日曜礼拝へ出た留守にあのカワウソが入りこみ、貯蔵室のつるし鮭を半分がた食い荒らしたついでに、エグバートの書斎のペルシャ絨毯をずたぼろに食いちぎったからだ。

「じきにベッドの下にひそんで、ぼくらの足をさんざんに食いちぎるようになるぞ」エグバートにそう言われてしまい、このカワウソについて知る限りではさほど的外れな言い分でもなさそうだった。

狩りが決まった前日の夕方、アマンダは一時間もかけて川の土手を散策し、自分なりに猟犬の吼え声とおぼしきものをたててみた。それを洩れ聞いた人々は、これから開かれる村の余興会で農家形態模写をなさるお稽古なのねと大目に見てあげた。

狩り当日のもようを話してくれたのは、仲良しのご近所さんオーロラ・バレットだった。

「来られなくて残念ね、見応え満点だったわよ。すぐ見つかったの、お庭の真下の池にいたわ」

「で——殺した？」アマンダが尋ねた。

「ええ、もう。きれいな雌カワウソだったわ。おたくのご主人、しっぽをつかもうとしてずいぶん噛まれてらした。畜生とはいえ命に変わりはないわね、ほんとに可哀相だった。だっていよいよというとき、やけに人間じみた目になったの。ばかげてるって言われそうだけど、その目つきで誰を思い出したかわかる？　あらまあ、どうかしたの、あなた？」

アマンダは長患いの神経緊張発作から回復すると、エグバートに連れられてナイル峡谷へ転地した。刻々と変わる風景に心機一転すると平常心に戻ってきて、向こう見ずなあのカワウソがあれこれ試食をやらかした件にもしかるべき光を当てられるようになった。だからカイロのさるホテルの洗面所で、夫の声がいつにない強烈な悪態の大嵐を起こしても、自分は平気でのんびり夕食の身支度をしていられた。

「どうしたの？　何か？」笑いをふくんだ声で訊いてみた。

「あのちび野獣め、いいシャツをそっくり浴槽にぶちこみやがった！　ここなちび助、捕まえたらどうしてくれよう——」

「どんなちび野獣なの？」ともすれば出そうになる笑いを必死でこらえた。エグバートの激怒の言葉たるや、なんとも突拍子もない。

「ちび野獣はちび野獣だよ。まっぱだかで褐色のヌビア人のガキだ」エグバートがぶつぶつ言う。

アマンダの病状は急変、こんどこそ冗談ごとではすまなくなった。

（Laura）

大豚と私

「あそこの芝庭へは抜け道があって」と、ミセス・フィリドア・ストッセンは娘に話した。「放牧用の小さな草地から、グーズベリーの茂みだらけの塀囲いへ出るの。去年、あの一家が留守中に、敷地内をひととおり下見しておいたから。グーズベリー園の通用門を出たらすぐ植え込みで、その陰にもぐりこんでしまえばあとは大きな顔して他のお客にまぎれこめるわ。女主人に正攻法で当たって砕けるよりよっぽど失敗がないでしょ。門前払いでもされてごらん、それこそ目も当てられない」

「ガーデンパーティの入りがけに見咎められでもしたら、すごくまずいんじゃない？」これは娘だ。

「普通はね、けど今回はまず大丈夫。だってこの郡じゃ、うち以外のめぼしい人たちみんな、王女様に会いにいらっしゃいって声をかけられてるんだもの。うちだけ洩れた説明をひねり出すほうが、回り道よりよっぽど大変よ。昨日だってミセス・カヴァリングを往来で呼び止めて、王女様の件をまっこうからただしておいたのに。それでも察し悪く招待状をよこさないなら、もうしょうがないでしょ。さ、ついた。あとはその草地をつっきって、あっちの小さな庭門をくぐるだけよ」

ゴータ年鑑生粋の貴人を迎える地元ガーデンパーティにふさわしく母娘とも着飾り、ひなびた鱒の川へお忍び回遊した全国区の大物でございとばかりにグーズベリー園めざして狭い草地をしゃなりしゃなりと行く。そうしてさも偉そうにしながらも、いつなんどき防犯サーチライトを当てられるかと人目をはばかる物腰もそれなりにあり、実をいうと、監視の人目もまんざら皆無ではなかった。十三歳ならではの目ざとさに加え、西洋カリンの枝から文字通り高みの見物をしていたマティルダ・カヴァリングがストッセン母娘の迂回作戦を一望にとらえ、先での破綻を正確に予見していたのである。

「あの裏門は鍵がかかってて、いやでも引き返さなくちゃね」と心の中で、「ちゃんとした入口からこないからよ、ざまあみろ。惜しいなあ、タークィン傲慢王《スパーブス》（古代ローマ最後の王タルクィニウス・スペルブスのこと）が草地にいなくて。だいたい、他のみんなはめいめい好き勝手にやってるんだから、タークィンだって午後のお出かけぐらいはいいじゃない」

マティルダぐらいの年頃は、思いたったら即実行だ。それで西洋カリンの木をするする降り、いくぶん先祖返りしたヨークシャー種の特大白豚タークィンを窮屈な小屋からやや広い草地に出してやって樹上へ戻った。ストッセン母娘のほうは施錠した門戸にがっちり阻まれて遠征のもくろみがはずれ、捲土重来を期して整然と退却したまではよかったが、グーズベリー園と草地をへだてる門まできていきなり足止めされてしまった。「んまあ、凶悪な面構えの獣ねえ」ミセス・ストッセンは声を上げた。「さっきはいなかったのに」「とにかく、今はいるでしょ」と娘。「ああ、どうしよう。来なきゃよかった」

精悍な大豚は門へ寄ってきて闖入者《ちんにゅうしゃ》を検分すると、相手をうろたえさせる気まんまんで歯を噛み鳴らして血走った小さな目をまばたき、その示威行動がストッセン母娘にいかんなく功を奏した。

「シッシッ！　ほら、あっちへお行き！」婦人ふたりが声をそろえる。

「イスラエルとユダ王国の歴代王名を暗誦すれば追っ払えるとでも思ってるんなら、おあいにく」マティルダが樹上から評した。今回は声に出したので、ミセス・ストッセンはそこで初めて存在に気づいた。ちょっと前なら、無人と見えた庭に実は人目があったというのは決していい話ではなかったはずだが、この時ばかりは女の子がいてくれて手放しにホッとした。

「あのねお嬢ちゃん、誰か呼んできて、あれを追っ払ってもらえ――」と、期待して言いかけた。

「なんのこと《コマン》？　わかりません《コンプラン・パ》」返事はそれだった。

「あら、フランス人？　フランスの方ですか《エトゥ・ヴ・フランセーズ》？」

「全然《パ・ド・トゥ》。英国人よ《スイ・ザングレーズ》」

「だったらなんで英語をしゃべらないのよ？　いい、あのね、教えて――」

「説明させてもらうわね《ペルメテ・モワ・エクスプリケ》。あのね、あたし謹慎中なの。伯母の屋敷へお泊まり中で、今日はガーデンパーティで大勢みえるから特別お利口にねって言われてたの。従弟のクロードとも仲良くしなさいって。はずみでなければ絶対おいたせず、あとでいつもごめんなさいって反省するような子よ。でね、お昼にどうもあたし、デザートのラズベリー・トライフルを食べ過ぎだと思われたらしくて、クロードはこれまでラズベリー・トライフルを食べ過ぎたことありませんよ、ですって。ところであの子はお昼食後に三十分ほどお昼寝するの、そういう言いつけだから。だから寝てしまうのを待って両手を縛りつけてやり、ガーデンパーティ用にとりのけてあったバケツ一杯分のラズベリー・トライフルを無理やり食べさせにかかったの。だいぶこぼれてセーラー服が派手に汚れたし、ベッドにもいくらか落ちたけど、かなりの量がクロードの喉を通ったから、もう二度と、クロードはラズベリー・トライフルを食べ過ぎたことありませんよってお説教は使えなくなったわね。おかげでパーティに出してもらえなくなったし、罰の上乗せに午後中ずっとフランス語をしゃべってなさいって。ここまでの説明はしょうがないから英語だけどね、だって『無理やり食べさせる』をフランス語でなんていうか知らないし。もちろんでっち上げたっていいんだけど、かりに強制給餌《ヌリチュール・オブリガトワール》なんて言っても、あなたたちにはちんぷんかんぷんでしょ。けど、もうフランス語で話しましょ《メ・マントナン・ヌ・パルロン・フランセ》」

「あら、いいですとも。構いませんよ《トレ・ビアン》」ミセス・ストッセンはしぶしぶ言ったものの、こんなにうろたえていてはフランス語などおいそれと出てこない。「ねえ、門の中から誰か呼んできて《ラ・ア・ロートル・コテ・ド・ラ・ポルト》。豚がいるの《エ・タン・コシヨン》」

「豚《アン・コシヨン》？　ああ、その子ほんとに人懐こいでしょ《アー・ル・プティ・シャルマン》！」マティルダがことさら熱をこめた。

「とんでもない《メ・ノン》、子って柄ですか《パ・デュ・トゥ・プティ》。しかもどこが人懐こいのよ《エ・パ・デュ・トゥ・シャルマン》、獰猛な獣じゃないの《アン・ベート・フェロース》――」

「ユンヌ・ベートね」マティルダが訂正した。「豚《コシヨン》なら男性名詞だけど、ぶち切れて〝獰猛な獣〟呼ばわりするなら女性名詞で、あたくしたちの同類になっちゃう。フランス語の性別っておそろしくややこしいのね」

「ああまったく、ならもう英語でいいじゃないの」ミセス・ストッセンが、「その豚のいる草地を通らずに、ここの庭を出られる方法はない？」

「あたしはいつもプラムの木をつたたって塀を越えてるけど」

「この格好でそんなの無理よ」ミセス・ストッセンが言う。どんな格好であれ、この人のそんな図は想像しにくい。

「あの豚を追っ払える人を誰か探してきてくれない？」ストッセンの娘だ。

「伯母と約束したのよ、五時までここにいるって。まだ四時にもなってないわ」

「事情が事情ですもの、伯母さまのお許しは間違いなく出るはず――」

「伯母が許しても、あたしの良心が許さない」マティルダが頭ごなしに冷たく言い渡した。

「こんなところに五時までいられやしないわ」ミセス・ストッセンが憤懣をつのらせて声を上げた。

「時間つぶしに詩の暗誦でもしてあげましょうか？」マティルダが親切に申し出た。「『ベリンダ、小さな大黒柱』がいちおうあたしの十八番《おはこ》なんだけど、もしかするとフランス語の詩にすべきかしらね。ただ、フランス語の詩で確かに知っているのはアンリ四世が手勢に呼びかけるあれ

「あの獣を追っ払う人を探してきてくれたら、いいものを買えるだけのお小遣いをあげますよ」（フランス俗謡『アンリ四世進軍歌』）ぐらいなのよ」

ミセス・ストッセンが申し出た。

マティルダが数インチほど下へ降りてくる。「庭を出ようとあれこれ言ってきた中では、今のがいちばん地に足のついた申し出ね」と朗らかに評価した。「クロードとあたしは児童転地療養基金の募金中で、どっちがたくさん集められるか競争してるの」

「なら、喜んで半クラウン寄付しますよ。ええもう望むところだわ」ミセス・ストッセンはパーティバッグの外仕切りの奥底から半クラウン貨を掘り出しにかかった。

「今はクロードにだいぶ引き離されてて」マティルダは提示額に目もくれずに続けた。「だって、あっちはたった十一歳でしょ、しかも金髪だから、それだけで募金には有利よ。ついこないだ、あるロシアの貴婦人に十シリングももらってたわ。ロシア人って、金離れのツボを英国人より心得てるのよね。おそらくクロードは今日の午後で二十五シリングまでいくんじゃないかしら。パーティ会場をそっくり独り占めだし、あのラズベリー・トライフル事件のおかげで、見るからにはかなげで長くはなさそうな青い顔だし。そうよ、かれこれ二ポンドは上回ってるはずよ」

進退きわまったレディたちはしこたま後悔のつぶやきまじりにほうぼう探り回ったあげく、なんとかふたり合わせて七シリング六ペンスを調達した。

「手持ちはこれだけみたい」ミセス・ストッセンが言う。

マティルダは地面に降りてくるそぶりも、ふたりに近づこうとする気配もない。

「十シリング以下で自分の良心を踏みにじるなんて無理よ」頑として言う。

母娘は声を殺してぶつくさ言い、なかで耳についたのは「人でなしのけだものめ」だったが、どうやらタークィンをさしたのではなさそうだ。

「もう半クラウン見つかったわ」ミセス・ストッセンが声を震わせて、「はい、あげる。だからお願い、すぐ誰か呼んできて」

マティルダはするする降りてきて寄付を受け取り、熟しすぎて地べたに落ちた実を片手いっぱい拾った。それから門によじのぼり、愛情こめて大豚に声をかけた。「おいでタークィン、わんぱくちゃん。ちゃんとわかってるのよ。あんた、腐ってつぶれた実には目がなくて、素通りできないんでしょ」

できなかった。マティルダが巧みに間をあけて鼻先へ放ってくるカリンにつられて小屋へ戻るのをしりめに、解放されたふたりは急いで草地を脱出した。

「もうこの次はないからね！　生意気なおてんばめ！」街道へぶじたどりつくや、ミセス・ストッセンは声高に憤慨した。「あの豚、凶暴でもなんでもなかったじゃない。それにあのお金、どうせ一ペニーだって転地基金へなんか行きゃしないわよ！」

その非難はあたらなかった。論より証拠、転地基金の奉加帳をあらためればこんな謝辞記載があったはずだ。「ミス・マティルダ・カヴァリングのご尽力による募金　二シリング六ペンス」

(The Boar-Pig)

荒ぶる愛馬

狩猟シーズン幕切れとなっても、マレット家の愛馬ブローグ号には売却先のめどが立たなかった。三、四年前から巡り合わせのご縁に賭け、シーズン終了までに買い手があらわれるだろうなどと家訓にしそうな勢いで楽観主義の皮算用を押し通してきた。が、いくたびかシーズンが去来しても、取らぬ狸の実体はさっぱりだ。なにしろ売り出しはじめは荒ぶる戦士《ベルセルク》号と呼ばれていたのを、お国言葉同然に切っても切れない腐れ縁のほどを痛感して地五郎《ブローグ》号と改名した曰くつきの物件である。界隈のひねた小才子連中には「じごろ」の最初の一字が余計だとあてこすられつつ、快足軽脚の猟馬、婦人向きの乗用馬とそうそうたる能書きひしめく売却馬一覧には、余白をきかせてあっさり気味に「多用途の去勢栗毛　体高十五・一ハンド」としておいた。そのブローグ号でトービー・マレットは西ウェセックス狩猟会の四シーズンを過ごしたが、そのへんの地形癖になじんだ馬ならおおむね馬種不問で出られるのが同会の味だ。地形癖ならブローグの独擅場だった。なんせ、数マイル一帯の土手や生け垣についた裂け目や穴ぼこは、おおむねこの馬が元凶なのだから。しつけや気性からいっておよそ狩猟向きではないが、それでも田舎道よりはまだしも見込みがある。マレット家の言いぐさによると、まんざら路上に不慣れでもないのに苦手が一つか二つあって、そういうのに出くわそうものならトービーのいう「急性横逃げ症」が出てしまうのだとか。自動車と自転車ならなんとか耐えられるのに、豚や、手押し車や、路傍の石塚や、乳母車、はたまたベタな白に塗りたてた門、常時ではないがたまに見慣れない形の蜂の巣にも反応する。てきめんに横逃げし、稲妻ばりのジグザグを鮮明に描きだすのである。生け垣の向こうでバササッと雉《きじ》が飛び立てば間髪入れずに跳びあがるが、これに限っては、まめなお付き合いを心がけただけかもしれない。癖馬の定評が広まっても、一家総出で打ち消していた。

五月第三週のこと、子息トービーならびに娘その他大勢を抱えたシルヴェスター・マレット氏の未亡人は、村外れでクローヴィス・サングレールをつかまえて、地域ネタのあれこれを矢継ぎ早にまくしたてていた。

「ほら、うちの近所へ越してきたペンリカードさんね？」遠慮なしの大声で、「コーンウォールに錫鉱《すず》を持つべらぼうな大金持ちで、わりと大人しめの中年男よ。長期契約でレッドハウス荘を借りて、金に糸目をつけずにあちこち手を入れたの。そしたら、トービーがあの人にブローグを売っちゃって！」
一、二拍おいて驚天動地のニュースをのみこむや、クローヴィスはさっそく雨あられとお祝いを浴びせた。もっと感激屋さんのお仲間であれば、ミセス・マレットにキスしていたかもしれない。
「すごいじゃないですか、待望のツキがとうとう巡ってきましたね！　これで今度こそまともな馬を買えますよ。いやね、トービーは侮れないやつだと、かねがねにらんでいたんです。本当に、本当によかった。慶賀の至りです」

「慶賀の至りなんて言わないでちょうだい。それどころか不運の至りだわ、こんなことってあるかしら！」ミセス・マレットが、芝居じみた物言いをした。

クローヴィスが驚いて、その顔を見つめる。

「ペンリカードさんがね」自分ではここぞとばかりに声をひそめたつもりだが、ガラガラ声でいきりたつほうに近い。「ペンリカードさんが、ここにきてジェシーに気のあるそぶりなの。初めは目立たなかったんだけど、もう誤解の余地なしよ。あたくしとしたことが、いち早く気づかなかったなんて。昨日は牧師館のガーデンパーティでね、どんな花が好きかってあの娘に尋ねてらしたの。で、カーネーションとお答えしたら、今日はカーネーションが全種類どさっと届いたのよ。古風な原種のクローヴ・ピンクでしょ、香り高いマルメゾン種でしょ、品評会定番の素敵な深紅咲きでしょ、おまけにチョコレートの詰め合わせが添えてあるの、きっとわざわざロンドンからのお取り寄せよ。しかも明日ゴルフをご一緒にいかがですかって。乗るかそるかってこの時に、トービーったらあの馬を売っちまうなんて。こんなご難がありますか！」

「そうはいっても、あの馬なら、よそへ厄介払いしようと何年もがんばってきたじゃないですか」クローヴィスに言われた。

「うちは娘だらけなのよ。だからこれまで必死でよそへ——もちろん厄介払いじゃないけど、あれだけいれば片づけ先の一人や二人あってもバチは当たらないでしょ。だって六人よ、六人」

「そうでしたっけ」とクローヴィス。「ちゃんと勘定したことがなくて。でも、おっしゃる通りの人数なんでしょうね。ふつう、母親はこの手のことを間違えませんから」

「なのに、どうでしょ」ミセス・マレットは芝居がかった小声で嘆き続けた。「金持ちの婿候補《むこがね》が浮上しかけたとたん、さっそくトービーがあのろくでもない駄馬を売りつけるなんて。あれに乗ろうとしてごらんなさい、へたすりゃ死ぬかもしれないわ。死ななくたって、うちは好感度全滅よ。どうすりゃいいの？　あの馬をまた引き取るのもうまくないし。だって、脈ありと見てとってからは寄ってたかって褒めちぎり、これこそおたくにもってこいの馬ですなんて言っちゃったんだから」

「厩舎から盗んで、何マイルも離れたどこかの牧場へ送りつけたら？」クローヴィスが勧めた。

「厩舎の戸へ『婦人に参政権を』とでも落書《らくしょ》しておけばいい。きっと急進派のしわざで片づきますよ。あの馬を知っていれば、よもやあなたが取り返したがってるなんて事情は思いもよらないでしょうし」

「そんな事件になってみなさい、全国各紙が黙っちゃいないわ。見出しが目に浮かばない？『婦人参政権一派、高価な猟馬を窃盗』見つけ出すまで、警察が草の根分けてくまなく探し回るでしょうよ」

「なら、長年なじんだ愛馬だとでもジェシーに泣き落としをかけさせて、返還を乞うしかないですね。厩舎が改修期限つき賃貸だから手放したまでで、もう二年先送りになっちゃったとでも言って」

「売ったばかりで返せなんて、さぞかし奇異に思われそうね」と、ミセス・マレット。「でも、すぐさま何とかしなくちゃ。馬慣れしてない人なのに、あたくしったら確か、仔羊なみに穏やかとか言っちゃったの。だけどねえ、仔羊だって気が狂ったみたいに蹴って暴れたりするわよね？」

「穏やかにしてたって、仔羊にはなんの得もないですしね」クローヴィスが相槌を打った。

ジェシーは翌日ゴルフ場へ出かけ、不安と昂揚のごった煮になって戻ってきた。

「正式にプロポーズされたわよ」と宣言した。「六番ホールで申し込まれた。しばらく考えさせてってお返事したの。で、七番ホールでお受けしますって」

「あのね」と、母。「もうちょっと乙女のためらいとかなんとかあるでしょ、知り合って間もないのに。九番ホールまで待てなかったのかい？」

「七番がなにしろ長くって」と、ジェシー。「おまけに二人ともがちがちに固まっちゃってて。だから話すだけ話して、九番までにずいぶんいろいろ決めてきちゃった。新婚旅行はコルシカ島にして、気が向いたらナポリへも足をのばし、ロンドンの一週間で足慣らしと上がりにする。花嫁付き添い《ブライズメイド》にぼくの姪を二人呼ぶって言われたから、うちの妹たちと合わせてつごう七人ね、なかなか幸先いい数字でしょ。ママはあのパールグレーのドレスにホニトンレースをたっぷりあしらったら。そういえば今晩、ママに諸事ご承諾をいただきにあがりたいって。そこまではまあ万事すらすらいったんだけど、ブローグの件だけはもう全然だめ。厩舎契約って例の作り話を口実に、どうあってもあの馬を買い戻させてと申し入れてはみたんだけど、ご同様にどうあっても持っていたいって。これから田舎暮らしとなれば乗馬の稽古は不可欠だから、あすの朝からさっそくやるって。乗馬体験ならロンドンのロットンロウ馬場で、八十代の老人か安静療養の人向けの馬に乗ったことは二、三度ある。それどまり――ああ、それとノーフォークでポニーに乗ったのかな。十五の歳で、ポニーは二十四歳だったと。そんなんで、あすの朝はブローグに挑戦だって！　これで行かず後家決定ね。コルシカがどんな場所かひとめ見たかったのに。地図なんかじゃ、面白くもないったら」

クローヴィスが急いで呼びにやられ、急転直下の事態を打ち明けられた。

「あれに乗って無事な人なんかいるはずないのよ」ミセス・マレットが言う。「トービーは別よ。長いつきあいで、何におじけづきそうか察すると同時に、横逃げにどうにかこうにか先手を打てるし」

「ペンリカードさんにはそれとなく言っといた——もうヴィンセントって言うべきかしらね——ブローグは白塗り門を嫌うわよって」これはジェシーだ。

「白塗り門！」ミセス・マレットが声を大にして、「豚でどうなるかは話しといた？ 街道へはロッキャー農場を避けて通れないのよ。ブヒブヒいう豚の一頭や二頭、あの抜け道にいないわけないでしょうが」

「最近じゃ、七面鳥もかなり嫌うようになってってさ」トービーが口を出す。

「どうもねえ、ペンリカードをあの馬で出歩かせるのは絶対まずいね」と、クローヴィス。「ジェシーがちゃんと挙式して、やつに飽きるまではだめだ。よし、こうしよう。明日は朝からピクニックに誘って出かける。朝食前に馬を乗り回すたちじゃないだろう。あさってはぼくが牧師さんに話をつけて、建築中の療養所見学という名目で昼食前にクロウリーへ連れ出してもらう。トービーはずっと厩舎に入れっぱなしのブローグを運動させてやろうと申し出ればいい。そしたら渡りに船で、石ころかなんかにつまずいて脚を故障したことにできるだろ。ちょっと日取りを前倒しにすれば、無事にお式をすませるまでは故障の一手で押し通せるよ」

ミセス・マレットは感激屋さんのお仲間だったので、クローヴィスにキスした。

翌朝は大雨で、ピクニックなど逆立ちしても不可能になったのは誰のせいでもない。午後からはわりあい天気が持ち直したせいでペンリカード氏がブローグを初試乗する気になったのも誰のせいでもなく、これまた不可抗力としか言いようがない。ロッキャー農場の豚にはお目見えせず、牧師館の門は地味な緑に塗ってあったのだが、白塗りだった一、二年前はそこで猛然と頭を下げて後ずさりし、一気に横逃げをかますというお約束の手順をブローグはしつこく覚えていた。それで勝手に職務放棄して牧師館の果樹園へ乱入、そこの鶏舎に雌の七面鳥が一羽いた。あとで有志が検分に出向いたところ、鶏舎自体はほぼ無傷ながら七面鳥はほぼ跡形なしであった。

ペンリカード氏はなりゆきにちょっとは驚いたし、片膝打撲などの軽傷をあちこち負いはしたものの、それもこれも馬と田舎道に不慣れな自分の未熟ゆえとよろずいい方にとり、あとはジェシーの介抱に任せて一週間以内にゴルフ解禁まで快癒復帰した。

そしておよそ二週間後、地元紙掲載の結婚贈答目録にこんな品目が記載された。

「栗毛〝ブローグ号〟、新郎より新婦へ」

「ということは」トービー・マレットが、「まるっきりバレずじまいかな」

「さもなければ」クローヴィスが応じた。「相当に洒落のきいたやつだな」

(The Brogue)

雌鶏

「木曜にドーラ・ビットホルツが来るの」ミセス・サングレールが言った。

「今度の?」クローヴィスが尋ねた。

母がうなずく。

「それ、かなりまずくない?」クスッと笑った。「ジェーン・マートレットはやっと五泊めで、一週間とはっきり期限を切られても二週間は粘るよ。とてもじゃないけど木曜までに追っ払えるもんか」

「なんで追っ払うのよ」ミセス・サングレールが、「ドーラとは仲よしでしょ? 前はそうだったわよ、知る限りでは」

「前はね。そのせいでよけい目下が険悪なんだ。後生大事に胸ふところに抱いていたのは、あにはからんや毒蛇だったと双方が思ってるんだよ。胸ふところを毒蛇のサナトリウムに便利使いされたとわかれば、それこそ何にもまして敵意を募らせるだろ」

「だけど、どういうわけで？　誰かの嫌がらせ？」

「そうじゃない」クローヴィスが言った。「こじれた元凶は雛鶏一羽だよ」

「雛鶏？　どんな？」

「ブロンズ色のレグホンとかそんじょそこらにない品種でね、ドーラがジェーンに吹っかけた値段もそんじょそこらにない相場だった。ほら、二人とも品評会映えする家禽にハマってるだろ、血統書付きのひよこをどっさり孵《かえ》せば元は取れるとジェーンは踏んでた。ところがどっこい、ふたを開けてみたらその雛鶏は産卵自粛中で、女二人の手紙のやりとりたるや、いい見本らしいよ。便箋一枚にどれだけ悪口を詰めこめるかっていう」

「ばっかじゃないの！　その行き違いを鎮められる人が、誰かしらお友達にいたはずでしょ？」

「やってはみたさ、何人も。けど、鎮めようとすればするほどワーグナーの『さまよえるオランダ人』の嵐もかくやって騒ぎになるのがオチだったんじゃない。それでもジェーンは雛鶏返品に応じるなら、いちばん痛烈な個人攻撃をいつでも引っこめる気ではいたんだけど、それじゃ自分が悪者にされちゃうじゃないかってドーラがね。ほら、非を認めるくらいならホワイトチャペル（当時のロンドンきっての貧民窟）のスラム街に住むほうがましって人じゃない」

「気まずいわねえ」と、ミセス・サングレール。「お互い口をきかないと思う?」

「逆だよ逆、引き離す方がよっぽど難しそうなの。相手の行動性格をあげつらう中傷合戦は、一ペニー切手一枚につき四オンスまでって事実上の限度枠があるからなんとかおさまってるんだから」

「ドーラは延期がきかないの、とうにそうしてるから。それにジェーンの得手勝手な二週間滞在を切り上げさせるのは無理よ、奇蹟か何かでもないと」

「ぼく、奇蹟ならけっこう得意技だ」と、クローヴィス。「任しといてなんて気休めは、この件じゃ言えないけど、せいぜい手を尽くしてみるよ」

「ただし、あくまで私を巻き添えにしない範囲でよろしく」母はビシッと予防線を張った。

「使用人にはいささか苦労がつきものですね」クローヴィスがぽつりと洩らしたのは昼食後の喫煙室だった。ジェーン・マートレットを片手間の雑談であしらいつつ、エラ・ウィーラー・ウィルコックス（アメリカの女性詩人。国民的人気の一方で俗受けがとりえのヘボ詩人と揶揄された）と脈絡なく名づけた専売特許の自作カクテル調合にかかっていた。ブランデーの古酒にキュラソーを合わせるのだが、ほかの隠し味のあれこれは、めったな人には教えない。

「苦労だらけよ！」ジェーンは声を上げ、街道をおりて草地を踏んだ猟馬さながら活気づいて、一足飛びに話題に乗ってきた。「それくらい心得てなきゃ嘘だわ。うちなんか今年、訴えるのなんのってどれだけ揉《も》めたか。とうてい信じてもらえないわよ。でも、おたくじゃそんな不平の出るいわれは別に——こと使用人に関しちゃ、大したツキをお持ちのお母様じゃないの。例えばスタリッジ——こちらで何年にもなるんでしょ、執事のお手本ってああいう人よ」

「だからですよ」と、クローヴィス。「何年もいるせいで、深刻度がシャレにならないんです。〝こんにちは、さようなら〟の渡り者なら痛くもかゆくもない——いくらでも替えがききます。そこへいくと、しっかり根をおろしたお手本の働き者は、かける苦労もひとしおですよ」

「でも、働きぶりに文句なしなら——」

「文句なしでも苦労なしとは参りません。そら、今おっしゃったスタリッジなんか——お話ししながら頭にあったのは、とりわけスタリッジのことでした」

「あの、仕事のできるスタリッジが苦労を！　ちょっと信じられないわ」

「できるのはわかってますし、あれなしでは回りません。かなりちゃらんぽらんぞろいの当家で、当てになるのはあいつだけです。ですが、その几帳面さがあだになっちゃうんですよ。人生の大半ずーっと同じ環境で、一糸乱れず同じことを同じ作法で片時も休まずやりつづけるってどんな感じがするものか、これまで考えてみたことあります？　時と場合に応じた銀器やグラスやテーブルクロスやナフキンのセッティングを適切に心得て適材適所で適切に指図監督し、首尾一貫した分刻みの管理体制でワインセラーやパントリーや食器戸棚をまめに手入れし、気配も存在感も消してどこにでも顔を出し、自己の職掌範囲内ならすべて知りつくしてるんですよ？」

「頭がどうにかならなきゃ嘘ね」ジェーンが自信にみちて言い切った。

「まったくです」クローヴィスはなにやら思いめぐらすと、できたエラ・ウィーラー・ウィルコックスを飲みくだしにかかった。

「だけど、スタリッジは別におかしくなんかないんでしょ」言葉尻が尋ねるようにひょいと上がった。

「おおむね完全に正気で、当てにはなります」と、クローヴィス。「ですが、とびきり頑固な妄想がしっかり入っちゃうことがちょいちょいあって、そうなると苦労どころの騒ぎじゃない負担になります」

「妄想って？」

「あいにくと、泊まりがけでいらしたどなたかにまつわるのがいつものことなので、気まずいったらないです。例えばマティルダ・シェリンガムさんを預言者エリヤと思いこんじゃって、とはいえエリヤの故事といえば荒野のカラスの話ぐらいしか覚えてなくて（列王記上。エホバの命で荒野に隠れたエリヤにカラスがパンや肉を運んで養った）。カラスの邪魔はできないと、マティルダの飲食のお世話一切をやめ、おめざのお茶も頑としてお持ちせず、大皿で料理をお給仕して回るさいもひとりだけ素通りしてましたね」

「ずいぶんだわねえ。で、いったいどう始末なさったの?」

「ああ、マティルダには何とか食べものをあてがいましたよ。ですがご本人の身になって、早めにお帰りいただくに如《し》かずと判断しましてね。実際、ほかに打つ手はないでしょ」そこでクローヴィスは語気にいくぶん力をこめた。

「私だったら断じてそうはさせない。どうにかしてスタリッジに調子を合わせるわ。逃げるなんて絶対ごめんよ」

クローヴィスは眉をひそめた。

「そんな妄想の入ったやつ相手に、へたに調子を合わせるのが上策とは限りませんよ。火に油を注いでしまったら、何するかわからないじゃないですか」

「まさか、スタリッジが剣呑《けんのん》なことはしないでしょ?」ジェーンはちょっと心配になった。

「さあ、確かなことはなんとも」と、クローヴィス。「ひとつ間違えば不運な巡り合わせになりかねない妄想がちょいちょい出ますんでね。今の今、ぼくが気がかりでならないのはまさにそこなんです」

「えっ、お泊まり中の誰かのことで妄想してるの?」ジェーンが勢いこんで、「うわあ、ぞくぞくする! 誰なの、教えて?」

「あなたです」とだけ返した。

「私？」

クローヴィスはうなずいた。

「で、いったい誰にされてるって？」

「アン女王（十八世紀英国の女王。本人より在位中の建築・家具調度様式のほうが有名）ですよ」意表を突いた返答だった。

「アン女王！　なにそれ。でもまあ、アン女王なら別に危なくもなさそうじゃない。あれだけ没個性な人だもの」

「のちの人はアン女王のことを、おもに何と言ってます？」いささか厳しめにクローヴィスがただした。

「さっぱり記憶にないわねえ」と、ジェーン。「『アン女王は死んだ』ってことわざぐらいよ」

「まさにその通り」クローヴィスはエラ・ウィーラー・ウィルコックスのグラスをじっとにらんだ。「死んだんです」

「つまり、アン女王の幽霊と勘違いされたの？」ジェーンが訊いた。

「幽霊？　まさか。朝食に出てきて、キドニーやらトーストやら蜂蜜をぱくつく健啖家の幽霊なんて前代未聞です。いえいえ、そうしてぴんぴんしてらっしゃるという事実がスタリッジの混迷困惑の種なんですよ。ご承知の『アン女王は死んだ』で、とうに終わって死んだすべての権化としてずっと慣れ親しんできたのに、このところ昼食や晩餐ではワインのお給仕をさせていただくわ、ダブリンのホースショーは盛り上がったわよなんてお土産話を傾聴するわで。いたしかたない流れで、そんなのおかしいと思ってしまいまして」

「でも、そのせいでじかに敵意を向けてきたりはしないんでしょ？」ジェーンは不安にかられた。

「今日の昼食までは、さほど本気にとっていませんでした。そしたら、すごい形相であなたを思わせぶりににらんで、ぶつぶつこう言うじゃありませんか。『大昔に死んだはずじゃないか、そのはずだぞ、誰かがきちんとけりをつけるべきだな』それで、こうしてお耳に入れた次第です」

「ぞっとするわ。おたくのお母様にすぐお話ししてちょうだい」

「母にはひとことも話せません」本気の発言だった。「おそろしく取り乱してしまうでしょ。万事、スタリッジ頼みなんですから」

「でも、私がいつ殺されるかわからないのよ」ジェーンが抗議した。

「いつかわからないってことはないですよ。銀器の手入れで午後いっぱい手が空きませんから」

「片時も目を離さずにぬかりなく見張っていてね、殺意がのぞいたらすかさず食い止めてよ」と、頼みながらも弱々しい声で片意地に、「とんだ屋敷へ来合わせたわ、いかれ執事が故事に出てくる〝誰とかの剣〟（ダモクレスの剣のこと）よろしく頭上にぶらぶらして、いつ落ちてくるかわからないなんて。でも、意地でも早めに引き上げたりするもんですか」

クローヴィスは声を殺してひどい悪態をついた。お手盛りの奇蹟はどうみても不発である。

決定打の天啓は翌朝に訪れた。遅い朝食後、玄関ホールにつっ立って使い古したゴルフパターの錆《さび》をせっせと落としにかかっていた時だ。

「ミス・マートレットは?」通りかかった執事に、クローヴィスは声をかけた。

「モーニングルームでお手紙を書いておいでです」スタリッジの返事は、質問者もとっくに承知の事実であった。

「あそこのね、籠編み柄つき古サーベルの銘を写したいんだって」と、クローヴィスは壁にかかった立派な剣を指さした。「持ってってあげてくれないか。ぼく、手が油まみれなんだ。鞘から抜いてね、手間が省けるから」

執事が抜き放ったサーベルは古いがよく手入れしてあり、まばゆく研ぎ上げた抜き身の刃をひっさげてモーニングルームへ入る。書き物机の手近に裏階段へのドアがあり、入室する自分をお見かけになっただろうかと執事が疑うほどの電光石火でジェーンはそっちへ消えた。三十分後、クローヴィスはあたふたまとめた手荷物もろともジェーン・マートレットを車に積みこんで駅をめざしていた。

「母が乗馬から戻って、あなたのお帰りを知ればさぞ腹を立ててるでしょう」とは、お引き取り途上の客に贈る言葉である。「ですけど、急な電報で戻られたとでもうまく言いつくろっておきますよ。わざわざスタリッジの話を持ち出して無用に驚かすには及びません」

ジェーンは「無用に驚かす」という言いぐさに少々鼻息を荒らげ、昼食のお弁当はどうしましょなどと気を回した若造に対し、年甲斐もなく失言しそうになった。

同じ日に、ドーラがお泊まり延期の手紙をよこしたせいで奇蹟のご利益はいくらか目減りしたものの、少なくともこれまでにジェーン・マートレットの宿替え予定表を乱した記録保持者は、人間ではクローヴィスのみである。


（The Hen）

開けっぱなしの窓

「叔母はじきに階下《した》へ参ります、ナテル様。至りませんが、それまではわたくしでご勘弁くださいませ」と挨拶したのは、やたらレディ然と落ち着いた十五歳だった。

フラムトン・ナテルは目の前の姪を適度に持ち上げつつ、これからご登場の叔母をあまり下げないですむ物言いが何かないかと知恵を絞った。内心では神経の休養に転地したはずが、こんなあらたまった社交訪問で知らない人とばかり会っていて、はたして休養の足しになるのかと、いつにもまして疑いがきざしていた。

「あんたのことだから」この片田舎へ引っ込む支度中に、姉に言われた。「引きこもりになって、生きた人と話しもせずに鬱々としてよけい悪化するんでしょ。あっちの知り合い全員に紹介状を書いてあげる。覚えている限りじゃ、中には本当に人柄のいい方たちもいらしたわよ」

その一通を持参した先のミセス・サプルトンなるご婦人が、はたして人柄のいい部類なのかが懸念の焦点だ。

「こちらにお知り合いがたくさんいらっしゃいますの?」だんまりの切り上げ時を見計らって、姪が尋ねてきた。

「いやあ、あまり」フラムトンが答えた。「ただし四年ほど前、うちの姉がこちらの牧師館に寄せていただきましてね。地元の方たちあての紹介状を何通か渡されました」

あとへくるほど、言外にはっきり後悔がにじんだ。

「でしたら、叔母と実際のお知り合いではないんですのね?」やけに落ち着いた令嬢がさらに確かめる。

「お名前とご住所だけです」客が認めた。ミセス・サプルトンは夫持ちか、それともやもめか。男の気配なら、所帯にそこはかとなくあるにはある。

「叔母がひどい悲劇に見舞われたのがちょうど三年前で」その子に教えられた。「お姉さまがお帰りになられた後でしょうね」

「悲劇ですか?」フラムトンは聞き返した。こんなのどかな田舎で、悲劇とはなにやらちぐはぐな。

「十月の午後になってもあの窓をあんなに開けっぱなしてどうしたんだろう、とお思いではな

いかしら」と、芝庭へと開け放した大きなフランス窓をさした。

「この季節に暑いぐらいの陽気ですからね。ですが、あの窓がその悲劇とやらに何か？」

「ちょうど三年前の今日、叔母の連れ合いと実家の弟ふたりがあの窓から猟へ出ました。そして二度と帰ってきませんでした。お気に入りの鴫《しぎ》猟場へ行きがけに荒野を横切る途中で、三人とも危ない沼地にはまってしまったんでしょうね。あの年はずいぶんな雨でしたでしょう、例年なら難なく渡れる場所でもいきなりずぶずぶしてしまって。三人とも死体はあがらずじまいでした。おかげで酷《むご》いことになりまして」ここで落ち着きがうせ、とぎれがちの声に感情がのぞいた。「叔母も気の毒に、みんないつかは一緒に消えた茶色いスパニエルを連れて戻ってきてくれる、ふだん通りにあの窓から入ってくるとずっと思いこんでるんです。だから一日も欠かさず、薄暗くなってもいよいよ日が暮れるまではあの窓を開けっぱなしておきます。叔母さまったらなにかというとすぐ口に出すんですの、出がけの三人の様子はどうだったって。叔父は白の防水コートを腕にかけ、末弟のロニーは『バーティ跳ねるはなぜ跳ねる？』を歌っていました。それを歌われるといらいらすると叔母が言うので、からかい半分に日頃からわざとそうしてたんですって。ですから、日が傾いてこう静かになってしまうと薄気味悪い時もありますのよ、みんながあの窓から入ってくるんじゃないかしらって——」

言いさして、ちょっと身震いする。そこへ叔母が、お待たせしてごめんあそばせなどとさかんに詫びながら駆けつけ、場の空気がなんとか救われた。

「ヴェラに不調法はございませんでしたか」

「いえいえ、とても楽しくお話ししておりました」フラムトンが応じる。

「そこの窓を開けっぱなしでございますけど、大目に見てくださいましね」ミセス・サプルトンがてきぱきと、「猟に出た主人と弟たちがじき戻るころでございますが、いつもあの窓を通りますの。今日は沼地の鴫撃ちに出ましたので、カーペットを泥んこにされてやれやれですわ。殿方っていつもそんな調子ですものねえ」

あとは元気にしゃべり続けて鳥撃ちの獲物がめっきり減ったとか、冬場の鴨猟は見込めそうだなどと話す。そのさまがフラムトンにはただただ恐ろしかった。もっと薄気味悪くない話へ移ろうと必死でがんばったが、あまりはかばかしくないし、女主人はだいぶ上の空で、ともすれば視線が客を素通りしてあの窓と芝庭へ向いている。よりによって悲劇の起きた記念日に来合わせてしまったなんて、いかに偶然とはいえあいにくな次第であった。

「とにかく興奮は禁物、体の酷使は極力避けて完全休養しなさいと、どの医者にも言い渡されましてて」とはフラムトンの弁であった。袖すりあった初対面の人が、直近の体調不良や持病の原因と治療法を根掘り葉掘り聞きたがると思いこむのは世間にわりとある誤解だが、こうしてわざわざ持ち出したのはその思いこみゆえであった。「食餌となると、だいぶ所見が割れるんですよ」

「あら」あくび寸前の声でミセス・サプルトンが相槌を打つ。にわかに表情が晴れて耳目をそばだてた――ただし、客にではない。

「やっと帰ってきた！」大声で、「うまくお茶に間に合ったのはいいけど、目のへんまで泥んこのようじゃありませんか！」

フラムトンはわずかにぞくりとし、なるほどお気の毒にと姪へ目顔を向けた。すると、あちらは怖いものに魅入られたかのように開けっぱなしの窓の外を見ている。その姿がいわく言いがたい恐怖と寒けを呼び、ぱっと同じほうへ向き直った。

迫りくる夕闇の芝生を踏んで、あの窓へ近づくものが三人いる。めいめい銃を小脇に抱え、ひとりは白い防水コートをはおっていた。へとへとの茶色いスパニエルがすぐ後に従う。一行が音もなく近づくうちに、若い男のしわがれた歌声が黄昏を越えてきた。「〝言っただろう、バーティ跳ねるはなぜ跳ねる？〟」

半狂乱で帽子とステッキをつかむ間もあらばこそ、フラムトンは薄闇の中を玄関、砂利道、正門と無我夢中で逃げた。ちょうど通りすがりの自転車が生け垣につっこむのとひきかえに、間一髪でどうにか衝突を回避したほどだ。

「ただいま」白いマッキントッシュ・コートの男があの窓を入ってきた。「泥はかなりついたが、あらかた乾いたよ。さっき、ぼくらと入れ違いに飛び出していったのは誰だね？」

「とんでもない変人よ、ナテルさんっていうの」と、ミセス・サプルトン。「自分の病気の話しかせず、あなたが戻ったとたんにご挨拶もお詫びもなしで走って出ていっちゃった。幽霊でも出たみたいにして」
「スパニエルのせいじゃないかしら」平然と言ったのは姪だ。「犬が怖いとおっしゃってたもの。ガンジス河畔のどこかで野犬の群れに墓地へ追いたてられて掘りたての新墓に難を避け、夜っぴて頭上で泡をふいてぎゃんぎゃんやられたことがあるんですって。そんな目に遭えば誰だって神経をやられるわ」
とっさの作り話が、この子のお得意であった。

(The Open Window)

沈没船の秘宝

はるかな昔、その大ガレオン船は武運と天候つたなく北国の湾へと流され、海草と砂に半ばお隠れの身となっていた。さる艦隊の主力として大海原を制して三百二十五年——具体的にどの艦隊かで識者の意見は割れていた。なにひとつ現世にもたらさなかったガレオン船だが、言い伝えや文献によれば現世からの持ち出しは相当であったという。が、いかほど？　そこでまたしても識者の意見は割れるのであった。所得税査定官ばりに買いかぶる者もいれば、水底の宝箱に福音書の起源論争もかくやの疑問符をつけ、ゴブリンのくれる金貨なみの幻とする向きもある。ダルバートン公爵夫人ルールーは前者に与《くみ》していた。

公爵夫人の信念では、沈没船の宝はそそられるに足る価値を有するばかりか、宝らしきもののありかを正確につきとめて低予算で引き上げる手段も万全だった。母方の叔母がモナコ宮廷の女官をしており、そこの君主はおそらく狭い領土に業を煮やしたかして、大海原の調査に血道を上げている。モナコのさる碩学《せきがく》があと一歩で特許までこぎつけた発明のことは、この身内を介して知った。舞踏会の照明よりきつい白色灯を使い、地中海数十尋《ひろ》の深みにいる鰯《いわし》の家庭生活も手にとるようにわかる装置だ。この発明の付属品（ただし公爵夫人のお目当てはそっち）は、わりあい浅めの沖合に眠っていそうなめぼしい品の海面浮上用に特殊設計された電動吸引機だった。発明本体は権利金千八百フラン、もう数千足せば付属品ごと買収できる。世間の尺度では金持ちに入るダルバートン公爵夫人だが、自前の尺度でもそうなるのが宿願だった。この三百年で法人がいくつも設立され、注目のガレオン船にあるはずのお宝を探し出そうと多数の人間がしのぎを削ってきた。が、この発明の力を借りれば、単独でひそかにあの難破船に手をつけられると公爵夫人はあてこんだ。かねての持論では、母方がメディナ＝シドニア公の流れを汲む以上、宝の所有権ならば誰にもひけをとらない。だから付属品ぐるみで発明の権利を買い取った。

ルールーの親類縁者に連なる有象無象《うぞうむぞう》にヴァスコ・ホーニトンなる甥がいた。生まれつき乏しい収入とあまたの親類に恵まれ、双方まんべんなく使って危なっかしく世を渡る若紳士だ。世界へ雄飛した同名の先人にならってほしくてヴァスコとつけられたのかもしれないが、当の本人は地域限定の危ない橋に固執し、前人未踏の地の探検より、勝手知ったる筋の搾取が好みだ。近年のルールーは訪問されれば折悪しく不在につき、手紙には折り返し手元不如意につきという具合に謝絶一辺倒で通してきた。しかしながらここでつらつら考えるに、どうもこの甥っ子は秘宝探求実験には願ってもない人材らしい。不確実な状況から黄金を引き寄せる者がいるとすればヴァスコに決まっている――むろん、しかるべく目を光らせて、おかしなまねを封じる必要はある。なにしろヴァスコの良心ときたら、金絡みとなると頑固な黙秘症の発作を起こしがちだから。

アイルランド西岸某所にあるダルバートン領イニスグルサー荘園は数エーカー一帯に大小の石やらヒースがはびこり、農民がいくら死にもの狂いになっても歯が立たない荒れ地だが、こぢんまりした湾はそこそこ深くてロブスターがおおかた通年あがる。わびしく手狭な屋敷ながらロブスターと孤独を好み、アイルランド人コックがマヨネーズと称する天をも恐れぬしろものを我慢できるなら、まあどうにか避暑にならなくもない。ルールー自身はめったに行かないが、友人や身内には気前よく屋敷を貸していた。そこへヴァスコを送りこむことにした。

「あの電動吸引機の試運転には絶好の場所よ」と言ってやった。「あそこの湾にはところどころ深みがあって、宝探しにかかる前にひととおりの機能を試せるからね」

三週間もしないうちに、ヴァスコは進捗を報告しにロンドンへ出てきた。

「あの機械、いいですよ」と、甥は述べた。「深くもぐるにつれて、くまなく鮮明に見えるんです。それに、手慣らしになりそうな難破船らしきものも海底に見つかりましてね！」

「イニスグルサー湾に難破船ですって！」ルールーが声をあげた。

「沈んだモーターボートです。ほら、伯母さまもご存じの花下密談号《スブ・ロサ》（ラテン語で「薔薇の下」、転じて密談の意。天井に薔薇を飾った席での話は他言無用という古代ローマの風習が由来）ですよ」

「そんな！　本当に？　気の毒なビリー・ヤットレーの船ね。たしか三年ほど前にあの沖合のどこかで沈んだの。なきがらは岬へ上がったわ。世間は故意の転覆――自殺じゃないかって。でも、悲しい事件にはそんな噂がつきものよね」

「この件では図星ですけど」と、ヴァスコ。

「どういうこと？」公爵夫人が慌てた。「なんでそう思うの？」

「知ってますから」あっさり言われた。

「知ってる？　どうやって？　誰にわかるの？　三年前の事件なのに」

「スブ・ロサ号の物入れに耐水金庫がありました。中身は書類でしたよ」

芝居がかった思い入れで、ヴァスコはコートの内懐をしばらく探った。出てきたのは折りたたんだ紙だ。それを公爵夫人がなりふり構わずひったくり、露骨に暖炉へ近づいた。

「スブ・ロサ号の金庫にあったのはこれ？」

「まさか」ヴァスコは何食わぬ顔で、「そっちは書類が表沙汰になればただじゃすまない著名人リストですよ。筆頭は伯母さま、おあとはもれなくアルファベット順に並べてみました」

公爵夫人は知人がほぼ網羅されたとおぼしいそのリストをにらむばかりで、しばらくは万事休すだった。というか、自分の名前を筆頭に出されただけで思考回路は麻痺同然のありさまであった。

「もちろん、その書類は捨てたのね?」いくぶん立ち直ると尋ねた。われながら、口調に自信のかけらもない。

ヴァスコはかぶりを振った。

「でも、そうするのが当然じゃないの」ルールーが怒る。「さっきの通り、本当にそれだけの人が危うくなるとして……」

「ああ、そっちはうけあいますよ」若造が口をはさんだ。

「だったら、さっさと後腐れをなくしてあげて当たり前でしょう。なにか洩れでもしてごらん、お気の毒な恵まれないその方たちに、どんなひどいとばっちりが行くかを考えてもみなさいよ」つのる憤懣をこめた指でリストを叩いた。

「〝お気の毒〟はさておき、〝恵まれない〟わけじゃない」ヴァスコが正した。「そのリストをよくごらんになれば、手元不如意な人は初めから入れていないのはお気づきでしょう」

公爵夫人はしばらく無言で甥をにらみすえた。ややあってかすれ声で、「じゃ、どうする気?」

「どうするもなにも——これからは死ぬまでなにもいたしませんよ」含みの多い答えだった。「狩猟なら、まあ少しは」と続けて、「〝都市の花〟フィレンツェに別邸《ヴィラ》でも構えましょうかね。

花下密談邸《ヴィラ・スブ・ロサ》なんて洒落ていると思いませんか、聞いてピンときそうな人には事欠かないでしょうし。それと無趣味じゃいくらなんでも不調法かな、ヘンリー・レイバーン作の肖像画あたりを収集といきますか」

モナコ宮廷の叔母からは、さらに進化した海洋調査発明のお勧め情報が届いたものの、ルールーの返事はけんもほろろだった。

（The Treasure-Ship）

蜘蛛の巣

その農場は何かの手違い、あるいはまぐれかもしれないが、ひとかどの農場大工でもここまではというほどキッチンの間取りがよくできていた。乳搾り場、鶏小屋、ハーブガーデンなど足しげく出入りするすべての場所からほんのひとまたぎで一服に戻れ、なんでも余裕で置け、作業靴の泥跡もひと拭きであっさり片づく。しかも、せわしい出入り動線の要《かなめ》でありながら、大きな暖炉のさきには朝顔形のくぼみに細長い格子窓とゆったりした席があって、ひらけた丘やヒースの原野、谷いちめんの林を一望できた。窓辺だけで独立した小部屋といってもよく、ほどほどにひっこんでよろず使い勝手がいい。相続のおかげで、にわか農場主の若奥さんになったミセス・ラドブルックはこの快適な小部屋に熱い視線を向け、小花《チンツ》のカーテンや生花、骨董磁器の陳列戸棚をひとつふたつ持ちこんで小ぎれいに明るくしたくてうずうずした。かびくさい居間は殺風景な高塀の辛気臭い庭つきで、垢抜けさせるのはちっとやそっとでは無理だ。

「もちっと落ち着いたら、キッチンを魔法みたいにパリッと直すからね」たまの客へはそう話す。言外に願望がひそんでいた。口外無用なばかりか、告解にも出せない願望だ。この農場の主婦はエマ・ラドブルックであり、夫の同意のもとで言いたいことを言い、切り盛りのためにある程度までは自分の流儀を押し通せる。ただし、キッチンの主導権は握れていない。

古い食器棚に、欠けたソース入れやピューターの水さし、チーズおろし、用済み請求書などと一緒くたに、ぼろぼろの古い聖書がのせてあった。見開きに褪せたインクで九十四年前の洗礼日付が書いてある。黄ばんだページに記入された名は「マーサ・クレール」。キッチンまわりをよぼよぼして常に不平がましい、木枯らしに落ちそうで落ちない枯葉みたいに黄ばんだしわくちゃ婆さんがその成れの果てだった。マーサ・マウントジョイになってからでもかれこれ七十有余年たつ。誰の記憶にもない昔から、キッチンと洗濯小屋と乳搾り場、おもての鶏小屋、庭の畑とこまめに回り、ぶつくさがみがみ言い続けて片時も休まず働き通してきた。だからエマ・ラドブルックが乗りこんできても夏の日に窓辺をうろつく蜜蜂同然に取り合わず、来た当初のエマにおっかなびっくりの目を向けられていた。なにぶんそんな古株だ、生き物と言いきれないほど場に同化しきっている。この干物婆さんに比べれば、鼻面が白くなって足腰もままならず、いよいよご臨終近い牧羊コリーの老いぼれシェプのほうがまだしも人間らしい。シェプが毎日面白おかしくはしゃいでいた仔犬の頃から、マーサはとうによぼよぼだった。そしてシェプが老いて目も見えず、死に体になっても、マーサは相変わらず明日をも知れぬ様子でよたよた立ち働き、相変わらず掃除、パン焼き、洗濯をこなし、あれを出しこれを下げとやっている。エマの勝手な思いだが、そうした賢い老犬が死んでも消えてしまわないなら、あの古キッチンでマーサが餌をやり、可愛がって育てて末期を看取った何代もの愛犬の霊はあの丘陵にとどまっているに違いない。それに、先立たれた人々の思い出もずいぶんたくさん抱えこんでいるはずだ。が、エマのようなよそ者は言うに及ばず、誰であれマーサの昔語りを引き出すのは難しく、老いた声をきんきんさせるのはもっぱら戸締りを忘れているようとか、バケツの置き場が違うだろとか、仔牛の給餌時間が過ぎたなどの、農家の日々にありがちな各種の不手際やらうっかりに限られる。それでもたまに選挙期間が巡ってくると、決まって往年の選挙戦の古い名前をいくつも出してきた。パルマーストン（英首相。一七八四—一八六五）という名はタイヴァートン方面の候補だ。タイヴァートンへの直線距離はさほどにないが、マーサには異国も同然だった。その後にノースコート（保守党の領袖。一八一八—八七）派やアクランド（自由党の領袖。一八〇九—九八）派、さらにくだって新顔だらけになるといちいち覚えていない。候補名はそのときどきで変わるが、ウィッグとトーリーの二大政党は変わらず、党のシンボルカラー黄対青の図式は不動の定番だった。つねにいがみあい、こっちが正しい、そっちは違うとどなりあっている。最も激化したのは怖い顔の立派な老紳士を巡る争い——壁にその写真が飾ってあったのをマーサは見たことがある。それが床に放り出され、腐ったリンゴをのっけて踏み潰されたのも。この農場の支持政党がそのときどきで変わったせいだ。マーサはというと、絶対にどちらの肩も持ったりしなかった。この農場に「あの衆」はなんの役にも立っとらんで、という。そんなふうに外界に対する農民ならではの不信のたけをこめて、一刀両断にするのだった。

おっかなびっくりの時期がやや過ぎると、この婆さんへのべつな感情に気づいてエマ・ラドブルックは不快になった。マーサはこの場所の消えそうで消えない古風なしきたりであり、農場そのものに同化して一部となり、目立つほど風変わりで哀れではある――が、ぞっとするほど目障りだ。エマはここへ乗りこむにあたり、こまごました改良改装案をしこたま立ててきた。最新方式を仕込まれた結果もあれば、独自の発案に負うものもあった。キッチン周りの改装など、かりにあの婆さんの遠い耳になんとか届いたとしても侮蔑をまじえて言下に却下されるのがオチだろうが、乳製品、市場出荷、ひいては日常の半分がたに影響の出る要所なのだ。締めた鶏の下ごしらえなら最新式を心得ているエマに一切手出しさせず、マーサ婆さんは八十年近くやってきた出荷体裁――〝胸隠し、腿《もも》丸出し〟に仕上げる。こうすれば処理が楽で手間も省けるのに、と教えてやるか、なんなら若いエマがすすんで肩代わりしたいことならいくらもあるが、いざとなるとあのぶつくさ言いのテコでも動かぬ渋くれ面《づら》にぶち当たり、手もなくくじけてしまう。なかでも喉から手の出そうなあの窓辺、あれこそ古ぼけたキッチンで一点華やぐ憩いの場になるはずなの

に、ただ今はがらくたの山がぎっちぎちに詰めこまれ、主婦の権限をもってしてもうかつに手をつけられなかった。人の念を紡いだ蜘蛛の巣めいたものがかぶさって守っている感じなのだ。老いの身であれほど気丈に立ち働いてくれているものを、あと数ヵ月でころりと逝ってくれないかなどと思うのは立場上あるまじき下劣な性根だが、現にそうした願望があり、いくら追い払っても頭の奥に舞い戻ってくるのを日ごとに自覚した。そんなある日、いつもはばたばたしているキッチンへ入ってみたらいつになく静かで、とたんに自分の性根にどうしようもなく気がとがめた。マーサ婆さんは仕事どころではなかった。穀物籠はそばの床へ置きっぱなし、おもてで鶏どもが餌はまだかとそろそろ催促がましくせっついているのに、窓辺の席で前かがみにすぼまり、老いにかすむ目を凝らして秋景色より異なものに見入っているふうだった。

「どうかした、マーサ?」若奥さんが声をかけた。

「死神じゃ、死神が来るんじゃあ」わななき声が返ってきた。「来ると思った。わかってたんじゃ。朝っぱらから昼になるまで老いぼれシェプがずーっと吠えとるんは他でもねえ。ゆんべはゆんべでコノハズクが断末魔の叫び声あげよってからに、昨日の裏庭にゃ、なんぞ白いもんがさっと駆けていきよる、猫でもねえしイタチでもなかったわな。鶏どもはこりゃ一大事とひとかたまりに片側へ逃げこんどったよ。そうとも、どれもこれも前知らせじゃ。来るときゃ来る、わかるんじゃよ」

そう聞いて、若いほうは不憫《ふびん》で不憫で視界がぼやけた。血も水も干上がった老いぼれとはいえ、かつては農家の路地やら干草置場やら屋根裏やらで元気に楽しく遊んでいた子供だったのだ。それなのにかれこれ八十年あまりたつと、こうしてようやくお迎えの死神が近づく冷えびえした気配に老いの身をすくめている。大したことはしてやれないだろうがそれでもと、エマはあわてて力になってくれそうな人を探しに出た。夫はちょっと離れた場所で伐採にかかっているはずだが、自分よりあの老婆をよく知る誰かしらに知恵を貸してもらえるかもしれない。じきにわかったが、農場のごたぶんにもれず、家の者をきれいさっぱりのみこんで消してしまう作用がそこにも働いていた。興味津々の鶏の群れについて回られ、豚小屋の豚どもにはなんなんだと横木ごしにぶうぶう言われたが、納屋、干草置場、果樹園、厩舎、乳搾り場と回ってもさっぱりだ。そこでまたキッチンへ戻る矢先に、従兄にばったり鉢合わせした。界隈ではジム坊っちゃんと呼ばれ、もぐり馬喰《ばくろう》業と兎撃ち、農場の女中どもに粉をかける以外に能のない男だ。

「マーサ婆さんがどうも死にかけてるみたい」エマは話した。ジム相手にわざわざ気を使っても仕方がない。

「ばかこくでねえ」ジムが応じた。「マーサなら百まで生きる気だ。おれにそう言ったからにゃ、言ったとおりにやるやつだで」

「今にも死んじまうかもしれないよ、さもなきゃ、おだぶつになりかけてんのかも」ジム坊ちゃんの巡りの悪さに匙《さじ》を投げながらも、エマはあくまで頑張った。

相手のいかにもごゆっくりな顔に、にやにや笑いが広がる。

「そうは見えねえけどよう」と、裏庭へあごをしゃくる。振り向いたエマの目に、論より証拠の図が飛びこんできた。マーサ婆さんが大騒ぎする家禽どもに取り巻かれ、穀粒をすくっては周囲に撒いてやっていた。輝く赤銅の羽に赤紫のとさかを垂らした雄の七面鳥、金物めいた光沢が東洋風な軍鶏《しゃも》、思い思いに黄土や薄茶や琥珀《こはく》の羽をまとい、おそろいの真紅のとさかをいただく雌鶏たち、あざやかな青首の雄鴨などが群がる極彩色のただなかで、あの老婆のたたずまいは派手な花園にぽつんと立った枯れ草のようだった。われもわれもと餌をせがむくちばしに囲まれて器用に餌を放ってやりながらも、見守るふたりの耳に届くほどの震え声を張りあげ、死神が来たようと相変わらず言いたてていた。

「来るときゃ来る、わかるんじゃよ。どれもこれも前知らせじゃ」

「誰が死んだね、おっかあ?」ジムが尋ねた。

「ラドブルックの旦那だよう、まだ若えのに」ことさら声を張って、「いま、なきがらが担ぎこまれてきただよ。倒木を走ってよけようとして鉄柱へぶち当たっちまった。よってたかって抱え起こしてみりゃ、もうおっ死《ち》んじまってたとさ。そうとも、あいつは来るときゃ来るんじゃ」

そう言うや、遅参したほろほろ鳥の群れめがけて大麦を投げてやった。

一族で受け継ぐきまりの地所だったので、農場はいちばん血の近いあの兎撃ちの従兄に行ってしまった。エマ・ラドブルックは開けっぱなしの窓から迷いこんだ蜂がまた出て行くように、農場の由緒からなんとなく外されてしまった。そしてある陰鬱な寒い朝、手回り品をはやばやと農場の荷車へ積みこみ終わっても、市場出荷品のしたくが整うまでつっ立って待たされた。エマが列車に間に合うかどうかは後回し、それより出荷する鶏やバターや卵の都合が大事なのだ。そうして待つ立ち位置から、可愛いカーテンをかけてきれいな花でも飾るはずだったあの長い格子窓の片隅が見えた。ふと、頭をよぎった。この先何ヵ月、もしかすると何年かたって自分がきれいに忘れられても、あの格子窓からは日ごとに血の気のない頑迷な顔がのぞき、小声のぼやきが石畳の通路をひょろひょろと行きかうのだろうと。食料貯蔵室の狭い

横桟窓《よこざんまど》へ近づいた。マーサ婆さんがつっ立ってテーブルに向かい、出荷用の鶏一羽を下ごしらえしている。八十年来ずっと守ってきた流儀で。

（The Cobweb）

休養にどうぞ

「日曜に一泊してねとラティマー・スプリングフィールドをお誘いしたわ」朝食の席で、ミセス・ダーモットが宣言した。

「選挙運動が始まっとるんじゃなかったのか」これは夫だ。

「そうよ。水曜が投票日でしょ。可哀想にあの人のことだから、それまでに激務で心身すりへらして骨と皮になっちゃうわ。考えてもみて、こんなひどい豪雨続きに選挙運動なんてどんなありさまか。ぐちょぐちょの田舎道を踏んで、すきま風の入る教室で濡れねずみの聴衆相手にくる日もくる日も遊説をこなして二週間でしょう。日曜の朝はいやでもどこぞの教会に出なくちゃいけないんだから、すんだらまっすぐうちへ来て、政治絡みは一切抜きで過ごしてもらったらいいわ。ちらっとでも政治を思い浮かべないように、このわたくしが腕によりをかけておもてなししましょう。階段にかけてあったクロムウェルが長期議会を解散する絵もだけど、喫煙室の『ラダス号（一八九四年エプソム競馬の優勝馬）』の絵まで撤去させておいたわ、描いたのはローズベリー卿（英首相。ラダス号の馬主）ですからね。それとね、ヴェラ」と、今度は十六歳の姪へ向いて、「髪リボンの色にはくれぐれも気をつけてちょうだい。青や黄は絶対だめ、どっちも対立政党の色ですよ。それとエメラルドグリーンやオレンジもやっぱりよくなさそうよ、選挙の焦点はアイルランド自治法案だし」

「あらたまった場では、いつも黒のリボンで通しています」ヴェラが有無を言わさずに片づけた。

ラティマー・スプリングフィールドはいささか活気に乏しい若年寄で、他の人なら半服喪期間といっても違和感なしの、しおたれた心境で政界入りした男だった。ただし熱狂はなくともわりあい根をつめて熱意を持続させるたちだから、今度の選挙で心身すりへらすというミセス・ダーモットの見方もあながち的外れではない。政治から断平離れて休養しなさいという申し出は渡りに船だが、連日の選挙戦ですっかり神経が張りつめ、完全に忘れるのは無理な相談だった。

「おおかたこれから夜中まで起きていて、終盤戦の演説を手直しするんでしょうよ」と、ミセス・ダーモットが残念がる。「でもね、今日の午後から夜までは、みんなで政治の話題を遠ざけておきましたからね。これ以上は無理だわ」

「そのへんは、ふたを開けてみないことには」とヴェラ。ただし、心の中でだけの発言だった。

客室のドアを閉めるのもそこそこに、ラティマーはさっそく覚書や政治パンフレットの束に没頭、手帳と万年筆を駆使して、使える事実とさりげない絵空事をしかるべく整理した。そうして三十五分ばかり作業が進み、邸内が田舎らしく健やかに寝入ったとおぼしいあたりで、廊下で抑えたキイキイ声と乱れた足音ののち、客室のドアが派手にノックされた。応じる暇もあらばこそ、大荷物を抱えたヴェラが部屋へ押し入ってきて尋ねた。「あのう、これ、こちらへ置いていってもよろしい?」

「これ」は小さな黒豚一頭と、赤黒くたけだけしい軍鶏《しゃも》一羽だった。

ラティマーはほどほどに動物好きで、経済的見地から小型畜産業にことさら関心を寄せていた。現に、ちょうどその時にとりかかっていたパンフレットでは地元の養豚・養鶏振興を力説していた。が、いかに広大な客室とはいえ、鶏小屋と豚小屋の生産見本との相部屋は当然ながら気乗りしなかった。

「おもてのどこかの方が居心地いいんじゃないでしょうか?」動物への配慮という名目にすりかえて、たくみに自己の要望を述べた。

「〝おもて〟はございません」ヴェラは印象づけるように言った。「渦巻く黒い水ばかりです。ブリンクリー貯水池が決壊しまして」

「ブリンクリーに貯水池があるとは知りませんでした」とラティマー。

「ま、もうございませんから。ここら一帯かなりの大水ですし、うちの地所はとくに低地ですので、現在ただ今は離れ小島のまんなかに屋敷がございますのよ。川堤も切れてしまいましたしね」

「なんですと！　死人が出たんですか？」

「死者多数というのは申し上げておきませんと。うちの二番女中がビリヤードルームの外を流れていった死体三つを見分けて、自分と婚約中の相手だと申しております。この付近の若者多数と婚約中なのか、顔の見分けがつかないかでしょうね。もちろん、同じ死体が何度もぐるぐる回っているという線もありえますね、考えてもみませんでしたけど」

「ですが、われわれが外に出て人命救助すべきじゃありませんか？」国会議員候補者ならではの、地元の注目を求める本能にかられて、ラティマーがそう口にした。

「無理です」ヴェラが断言した。「うちにはボートがございませんし、激流のせいでまったく孤立しております。あなたさま宛にと伯母から特にことづかりましたのは、この上の混乱を招かないよう、絶対にお部屋からお出ましになりませんように、ただしこの軍鶏〝ハートルプールの奇跡〟を一晩お預かりいただけましたら有難く存じます、とのことでした。軍鶏はほかに八羽おりまして、ひとところに入れたら大乱闘になってしまいますので、寝室に一羽ずつ隔離しておりますす。鶏小屋はすっかり浸水してしまいましたし。それで、わたくしの一存ではございますが、この子豚ちゃんも置いていただいてもかまわないかしらと。本当に愛くるしい子なんですけど、ひどい癇癪持ちでして。母豚譲りの気性ですね――可哀想に、豚小屋で溺れ死んでしまったのをいまさら悪く言うつもりはないんですけど。この子ったら、しっかりした殿方の手で抑えがきかないと、おとなしくしませんの。わたくしが自分でそうしたいのはやまやまなんですけど、なにぶん部屋にチャウチャウがおりまして、豚を目にしたとたんにかかってきますので」

「バスルームへ入れておけないんですか?」ラティマーはおずおずと尋ねた。チャウチャウにならって、豚と寝室を共にするなどまっぴらだとくってかかりたいのはやまやまだった。

「バスルームですって?」ヴェラがけらけら高笑いした。「そっちはお湯さえもてば、ボーイスカウトが朝まで貸切ですのよ」

「ボーイスカウト?」

「ええ、そうです。水がまだ腰までのころに三十人ほど助けに来てくれまして。そしたら水位がもう三フィートぐらい上がってしまって、あべこべにこっちで助けるはめになりました。何人かずつまとめてお風呂を使わせ、乾燥室で濡れた服を乾かしている最中なんですけど、濡れた衣類がすぐ乾くなんてもちろん無理でしょう、廊下と階段はなんだかヘンリー・スコット・テューク(イギリスの画家。海を背景にした少年の裸体画で有名)の海辺の絵みたいになりかけてます。その中の二人に、あなた様のメルトンオーバーを着せておきました。お気になさいませんわよね?」

「おろしたてのコートなんですよ」という口ぶりから、ひどくお気になさっているのは丸わかりだ。

「くれぐれも、〝ハートルプールの奇跡〟をよろしくお願いいたしますね。母鶏はバーミンガムの一等を三度取りましたし、この子も去年のグロスターで若鶏部門の二等でした。おおかた、お足元のベッド枠を止まり木にするんじゃないかしら。妻鶏を何羽か一緒にしてやれば、もっとくつろぎますかしらね？　雌鶏は全部パントリーに追いこんでありますけど、いちばんの愛妻のハートルプール・ヘレンなら見つかるはずですわ」

遅まきながらラティマーにハートルプール・ヘレンの件をきっぱり断られると、ヴェラはそれ以上粘ったりせず、先に〝ハートルプールの奇跡〟を臨時の止まり木へ落ち着かせ、子豚に愛情こめて別れを告げた。消灯すれば子豚の室内詮索もやむだろうと思ったラティマーは、そそくさと服を脱いで寝た。豚はといえば、こぎれいなわら床の豚小屋がわりの客室をひととおり嗅ぎまわり、娯楽の乏しさに意気阻喪したが、あにはからんや、どんな贅《ぜい》を凝らした豚のすみかにも断じてなさそうな穴場をいきなり探り当てた。ベッド下のとがったふちが、最高にいい気分で背中をごしごしやるのにうってつけの高さなのだ。うっとりと背中を前後に往復させ、ああそこそこ、という瞬間にうまく持ち上げては長々と喉を鳴らして喜ぶ。松が枝《え》に揺れるが如き心境をきどった軍鶏はともかく、ラティマーのほうは豚の胴体にたてつづけに平手打ちをかましたが、いっこうに行状批判や自粛につながらず、かえって気持ちいい刺激のおかわりととられてしまった。どうやら本件処理にあたっては、しっかりした殿方の手以上のものが不可欠のようだ。そこでベッドから抜け出して抑止用の得物《えもの》を物色しようとした。が、豚に動向が伝わる程度には明るかったために溺死した母豚譲りの癇癪がいかんなく発揮され、ベッドまでラティマーを追いかけて鼻嵐で凄んだあげく歯を噛み鳴らして脅しをかけ、またもや熱意も新たにゴシゴシ作戦にかかった。おかげでラティマーはそのあと何時間も寝つけず、婚約者に死なれた女中にしかるべき同情を寄せて現実逃避をこころみたが、それより〝メルトンオーバーを何人のボーイスカウトに着回されたか問題〟のほうがよけいに気にかかる。柄にもない聖マルタン（トゥールの聖マルタン。自分のマントを脱いで貧民に施した逸話がある）役は、どうもぞっとしなかった。

　明け方近くに子豚がやっとぐうぐう寝入ってくれ、ラティマーもそうしようとした。が、よりによってその時になって、〝ハートルプールの大爆睡〟だったやつがいきなりときをつくり、がっと床を蹴ったかと思うと、闘志まんまんで衣装だんすの鏡にうつる自分に飛びかかった。そういえば、くれぐれもよろしくと頼まれていたので、ラティマーはハーグ国際仲裁裁判所になりかわって紛争相手である鏡にバスタオルをかぶせたが、和平調停は局地限定かつ短命に終わった。宙ぶらりんの戦意が、ひとまず無心に寝ていた子豚へいきなり執拗に向けられ、その後は仲裁不能な死闘に激化したからである。翼ある闘士のほうは、形勢不利になればベッドの上へ退避できる地の利をぞんぶんに享受した。子豚はそこまで飛び上がれなかったものの、体当たりで死力は尽くした。

戦局はどっちつかずで推移し、女中がおめざのお茶を持ってくるころには事実上の膠着状態にもつれこんでいた。

「あれあれ！」女中は驚きをあらわにした。「好きこのんで、そんなけだものをお部屋へ上げなさるんですか？」

好きこのんで、だと！

子豚は長っ尻《ちり》しすぎたかも、と気づいたみたいに開いたドアからいっさんに逃げ、続いて軍鶏も、それよりは悠然と出ていった。

「あの豚、ヴェラお嬢さんの犬に見つかろうもんなら――！」女中が声をあげ、そうはさせじと急いで追っかけた。

ラティマーの頭に冷たい疑念が忍びやかに広がり、窓のブラインドを上げた。弱い霧雨だが、洪水のあった形跡などかけらもない。

およそ三十分後、朝食室への途中でヴェラに出くわした。

「わざと嘘をつくような人だとは思いたくないですが」冷たく評した。「不本意ながらやむをえないことも、世の中にはありがちでね」

「そうはいっても、朝まで政治の話題をきれいに忘れさせてさしあげたでしょ」と言われた。
むろん、まったくその通りであった。

（The Lull）

冷徹無比の手

ストの季節もそろそろ底を打ったらしい。一石投じられそうなら、ほぼ全商業・全産業・全職種がその贅沢にふけった。いっとう尻すぼみでどんじりの線香花火は世界動物園組合のストで、それなりの目標達成まで飼育業務は一切放棄、代理飼育もお断りときた。そこへ経営陣が、職務放棄とあらば飼育動物も放棄だと脅して火に油を注ぐ。へたをすればサイや雄の野牛はおろか、飢えた大型肉食獣がロンドン中心地を勝手にうろつく非常事態が目の前だ、悠長に条件闘争などしている場合ではない。とかく数時間は後れをとりがちで〝まったり昼あんどん政府〟の異名をとった当時の政権も、一も二もなく調停に乗り出した。海兵隊精鋭がリージェントパークへ急派され、スト中の職務代行にあたる。陸軍でなく海軍が選ばれたのは、任務を選ばず時をおかずという伝統の機動力を見込まれたのと、ふつうの水兵は猿やオウムなど熱帯の生き物慣れしているからというのもあるにはあったが、自己の大臣としての権限内での地味な社会貢献を狙っていた海軍卿たっての申し出というのがいちばん効いた。

「やつが母ジャガーの意向に逆らって赤ん坊ジャガーに自分で餌をやろうと言いだしたら、北部は補欠選挙になるぞ」さる閣僚がどこやら期待のこもった声で述べた。「どうあっても選挙に持ちこみたいという現状じゃないが、当方の都合だけで終始するのもあれだしな」

ところが外部調停を待つまでもなく、ストは自然消滅した。飼育係の大多数が、手塩にかけた獣たちと離れがたくて自主的に復帰したのだ。

やがて国家も新聞もこぞってひと安心、もっと楽しい話題を語りだした。幸せな新時代の幕開けかという勢いだった。スト志願者も、本音はさておき扇動あるいは強要によるスト参加者も、ひとまずみんなの気がすんだ。そうなれば、もっと楽しい世相へと目が向くのは人情だ。がぜん光が当たった中でも、注目の話題はファルヴァトゥーン離婚訴訟だった。

ファルヴァトゥーン公爵はほどほどの刺激で大衆の食欲をかきたてはするが、いまさら食い足りないというオードブル的人物であった。早熟の才子で、おおかたの子がラテン語のメンサつまりテーブルという単語の格変化ができれば上出来の年頃に、『アングリアン・レヴュー』誌の奇をてらった確変人事で提示された責任編集者のポストを辞退、未来派文学提唱者とまでいかずとも、十四歳でものした「いずれ相まみえる孫への手紙」はそれなりに注目された。ただしその後がありぱっとせず、七年で五度もめて五度目で欧州の半分をあわや火の海にしかけたモロッコ問題の上院論議中に、「おお、ムーア人は、ほんのわずか増えても多すぎるのだ」（ロバート・ブラウニング『炉辺にて』第三十九章冒頭のもじり）と、ブラウニングの引用をひとひねりして大受けしたくらいで政治家としての発言は打ち止め。それでなくてもロンドン市内や田舎に掃いて捨てるほど屋敷を持っている人だ、ガツガツ売名行為をしなくてもやっていけるのだろうという認識が世間一般に広がりかけた。

そこへ離婚秒読みという、寝耳に水の一報である。しかも、その揉めようたるや！　複数問題にまたがる泥沼訴訟の陳述で双方やりあい、虐待告発に同居拒絶告発と、最高に世を騒がす複雑怪奇な離婚ネタには事欠かない。しかも関係者や証人喚問にそうそうたるめんめんが名を連ね、国内二大政党を皮切りに植民地総督数名、さらにフランス、ハンガリー、アメリカ、バーデン大公国から国際色豊かな派遣団がぞくぞくとやってきた。高級ホテルはどこも予約で埋まりだした。「まさに象抜きのダーバー戴冠式典（英国王がインド皇帝として行った戴冠式）ね」などと感嘆の声をあげたのはさる熱心なレディで、ご本人のために公平を期すならダーバーを見たことはない。ともあれ大がかりな訴訟開廷期日までにあの最終ストにけりがついてよかったじゃないか、というのが世の空気だった。

暗い産業闘争の重石《おもし》が取れた反動で、センセーショナルな情報供給と演出を請け負う業者たちは千載一遇のネタに全力で飛びついた。とびきり迫真の筆に定評あるブンヤたちが、欧州全域や大西洋の向こうから総動員されて日々の記事を彩り、反対訊問で青ざめる証人の描写に定評ある言葉職人なにがしは、名高い殺人事件の裁判が長びいたシチリアから、ペンのふるいどころが違うとばかりに急いで呼び返された。カット画家や敏腕カメラマンを押さえるために破格の報酬がはずまれ、ファッション専門記者は引く手あまたになった。山っけのあるパリの婦人服製造会社は被告の公爵夫人に特注三着を提供し、ここぞの局面で広告塔として着てもらって広く印象づけた。映画会社も、うまずたゆまず頑張った。裁判前夜にペットのカナリアに別れを告げる公爵の活動写真は何週間も前倒しで仕上がり、ほかにも架空弁護士団に仮想相談する公爵夫人、特に宣伝中のヴェジタリアンサンドで裁判の合間に軽く腹ごしらえする公爵夫人の活動写真なども準備できた。人事は尽くした、あとは満を持して裁判の上首尾を待つのみだ。

開廷に先立つ二日前、さる大通信社が公爵閣下への直撃インタビューで、審理中のご動向の落穂拾いを試みた。

「本件でございますが、私見では時代を画する空前絶後の大事件とみてよろしいかと」間を置かずに根掘り葉掘りする枕として、まずはそんな感じで振ってみた。

「たぶんな――裁判になればの話だが」公爵がのんびり応じる。

「なればの話だが、とおっしゃいますと?」ひいっと洩れた声は、息をのむとも悲鳴ともつかなかった。

「公爵夫人と私でストを検討中でね」と、公爵は言った。

「ストを！」

その不吉な一言で、ありとあらゆる面倒や不都合が瞬時によみがえった。きりもなく延々とやる気か？

「つまり」しどろもどろで、「訴訟取り下げを双方ご検討中という？」

「そのとおり」

「ですが、とうに終わった諸手配というものが。特集記事やら活動写真やら、海外要人証人団向けの特注ケータリングやら、ミュージックホールで準備ずみの時事小ネタなどにどれほど費用がかかったかを、ひとつお考えに――」

「なったよ」公爵は冷たかった。「公爵夫人も私も自覚している、この大規模諸事業の構築材料はこちらもちだ。それで審理期間中は雇用も広がって莫大な利益が出るはずだが、こちらは火中の栗を拾う役回りとひきかえに――なにを得る？　うらやましくもない汚名、それに判決がどう転んでも多大な訴訟費用負担という特権だろう。よってストを決めた。どちらも元鞘に戻る気はないし、いったん踏み出せばおいそれと軌道修正できないと覚悟しているが、莫大な利益を生んでやる以上はそれなりの見返りがないとね、双方とも訴訟を取り下げて法廷に出ないよ。ごきげんよう」

最新ストライキの報に世界は愕然とした。通常の説得手段がきかないだけに手ごわさは格別だ。

公爵夫妻が元鞘路線を貫く限りは政府も介入できない。あるいは世論の圧力で社会追放にもっていけなくもないが、無理押しできるにせよ、そこまでだ。かくなる上は協議に持ちこみ、破格の提示に物を言わせるしかない。実際、海外証人団は早くも解散にかかり、電報でホテルをキャンセルした者もいる。
公爵夫妻との協議は泥沼になり、ちょいちょい手厳しい応酬をはさみながらも、ようやく仕切り直しにこぎつけた。が、それもつかの間、早熟がぶり返した公爵は若年性老衰を発症、開廷二週間前に世を去った。

(The Unkindest Blow)

出たとこ勝負

　ロンドンは秋を迎え、厳しい冬と不安定な夏のはざまの清涼なひとときが巡ってきた。球根を買いこみ、選挙登録をすませ、春の訪れと政権交替を信じていられる信頼の季節だ。

　モートン・クロスビーはハイドパークの片隅のベンチでのんびり煙草をふかし、のんきに舗道をあさるハクガンの赤茶の雌と、白茶けた雄のつがいを眺めていた。同時にさっきからそれとなく視界の端にかかっているのは遠慮がちにうろつく人間で、餌のかけらめざして慎重に舞い降りる烏《からす》よろしく小刻みに目の前を二、三度往復したのちに、当然のなりゆきでベンチに腰をおろし、さりげなく先客と雑談しやすい位置取りをした。この新参者は身なりにまるで構わず、灰色の無精ひげはどうしようもなく放ったらかし、ちろちろ盗み見てばかりでまともに目を合わせようとしない。たかり屋が天職で、思いきって半日まともな仕事につくより、何時間もかけて屈辱的な身の上話をでっちあげて肘鉄を食らうほうがまだしもという手合いだろう。

新参者は焦点の合わない目をしばらく前方にすえ、耳を傾けるゆとりがあれば、暇人のどなた様にもそれなりに聞かせますよと、それとなく声音にほのめかして言った。

「妙な世の中ですねえ」

述懐ではさっぱり反応がなかったので、質問の形に変えてみた。

「あんただって妙な世の中だと思うでしょ、旦那？」

「私でしたら」クロスビーが言った。「生まれてこのかた三十六年というもの、妙な感じをぬぐえないですな」

「ははあ」と灰色ひげ。「だけど、あっしの話を聞こうもんなら、とうてい信じてもらえますまいよ。そりゃもう、おったまげることの連続でね、本当ですよ」

「おったまげることが続いても、きょうびは何の需要もありませんのでね」クロスビーが出鼻をくじいた。「そういうのは本職の小説家の方がよっぽどうまいから。うちの近所の人達なんか、アバディーン犬やらチャウチャウやらボルゾイの信じがたい逸話をあれこれ話してくれますけどね、こっちは耳を貸したりしませんよ。それでいて、『バスカヴィル家の犬』なら三度も読んでます」

灰色ひげはそわそわ落ち着きをなくしたのち、別な世界への扉を開けた。

「あんたさん、きっと敬虔なクリスチャンでしょ」

「はばかりながら、東ペルシアのムスリム界ではそこそこ有力者と申せますし、そっち方面で名が売れていますが」と、クロスビーは自発的に空想世界へ踏みこんでやった。

たかが話の枕にした瓢箪《ひょうたん》からいきなり駒が出てしまい、灰色ひげは明らかに面食らったものの、ほんの一時だけだった。

「ペルシア人ですか。そりゃあ気づきませんで」どこか不審そうに評した。

「ペルシア人じゃありませんよ」とクロスビー。「父はアフガン人です」

「アフガン！」ぎょっとして束の間黙り、おもむろに態勢を立て直して改めて突撃をかましてきた。

「アフガニスタンですか、ははあ！　あっちの国とは何度か戦争したようですな。でもね、言っちゃなんだが、いさかいの暇があったらなにか相手から学べばいいのにねえ。たしか、すごく豊かな国なんでしょ、本物の貧乏人なんかいませんよね」

「貧乏人」で、いかにも思わせぶりに声を高めたので、落とし穴とみたクロスビーはさらっと回避した。

「あっちには手練手管の才覚にたけた乞食が掃いて捨てるほどいてね」と言ってやった。「さっき、本当にたまげることを軽んじた口をきいたのが自分でなければ、イブラヒムと吸取紙の荷を積んだ十一頭のラクダの話をしてあげたんですがねえ。ただし、正確なオチを忘れちゃって」

「あっしの話も本気でたまげますよ」と相手は言った。どうやら、イブラヒムへの興味は抑えたらしい。「実をいうとね、元からこんなじゃなかったんで」

「そうでしょうね。人体は七年たつと、前とはまったく別ものだそうですから」と、補足解説してやった。

「いや、そうじゃなくて。前はこんなろくでもない巡り合わせじゃなかったんですってば、今と違って」と、相手はしつこく粘った。

「失敬なことを」クロスビーはつんとした。「こう見えても、ペルシア・アフガニスタン国境第一の座談の名手で通っておるんですぞ」

「いや、そんなつもりじゃ」相手があわてて、「ほんとに面白く承ってますって。ろくでもない巡り合わせってのはね、目下のあっしが金繰りに困ってるって話でさ。本気にしてくださるかどうか、今は文字通りの素寒貧《すかんぴん》なんで。しかも今後二、三日は入金のあてもからっきしです。旦那は、ここまで困ったことなんかいちどもないでしょ」

「ヨムの町ではね」クロスビーが言った。「アフガニスタンの南部ですが、たまたま生まれ故郷でもありましてね。そちらの中国人哲学者がいつも言っておりましたよ。最も祝福された人間三態の一つは素寒貧の境地だ、とね。あとの二つは忘れましたが」

「はあ、そうですか。はばかりながら」哲学者の追想にはまったく乗ってこず、「言葉通りの一生だったんですかねえ、その人。ずいぶん辛そうだが」

「素寒貧同然で入金のあてがなくても、終生のほほんと過ごしてましたよ」クロスビーが言った。

「だったらおおかた、今のあっしほど困ればいつでも気前よく援助してくれる友達が何人もいたんでしょ、どうせ」

「ヨムではね」とクロスビー。「べつに友達じゃなくても援助してもらえますよ。ヨム市民なら誰でも、見ず知らずの人に手をさしのべるのを当然だとしてますから」

ひげ男は今度こそ身を入れて乗ってきた。ここにきて、ようやく会話に上向く兆《きざ》しが出た。

「たとえばあっしみたいに理不尽な辛酸をなめているやつがいたとして、あんたさんのその町のだれかに、どん底の数日をなんとかしのぐために、はした金の融通を無心したとして――五シリングか、もっとかな――当然、のんでもらえそうですか？」

「いくらか前振りがつきものですが」とクロスビー。「言われた方はまず相手を酒場に案内してたっぷりワインをふるまい、ちょいと歓談した上でご所望の額を渡して、はいさようならです。そんなはした金にずいぶん回りくどいようですが、東洋では一事が万事でね」

聞き手は目をぎらつかせている。

「そうかあ」と声を上げるや、先回りしてさも人を食ったように、「どうせ、そんな気っぷは町を出がけに置いてきちゃったんでしょ。そんで、こっちじゃ打ち止めってわけですかい」「ヨムに住んだことがあれば」クロスビーが熱く語る。「杏《あんず》やアーモンドの緑なだらかに連なるあの丘や、山々からの雪解け水が冷たい愛撫となってせせらぐ小さな木造橋のたたずまいが胸にあれば、不文律やしきたりを無下にしたり、軽んじたりしませんよ。ふるさとの聖なる絆は若い頃から住み続けたのと変わらず、いまだに切っても切れません」

「ねえねえ、だったらここで少し貸してくださいとお願いすりゃ——」いくらまでなら大丈夫かとせわしなく胸算用しつつ、ひげが猫なで声でにじり寄ろうとする。「そうですねえ。どれぐらいかってと、たとえば——」

「ええ、いつなりと」クロスビーが言った。「ただし、わが民族では十一月から十二月までの貸借贈答行為は一切禁じられておりまして。口に出すのも嫌がられるのが実情です、縁起が悪いんですよ。ですから、この件はこれまでに」

「だが、まだ十月じゃないか！」やっと切り出したのにと怒りだした相手が声高に言いつのるのをしおに、クロスビーは席を立った。「月末まであと八日もあるぞ！」

「アフガニスタンは昨日から十一月だよ」容赦なく決めつけてさっさと立ち去る。あっさり置いていかれた今までの話し相手は、すごい形相で猛烈にぶつくさ言いだした。「あいつの話は一言だって信用できねえ」と独白で、「最初から最後までひっでえデタラメだ。面と向かってそう言ってやりゃよかった。言うにことかいて、アフガン人でございだと！」

その調子で十五分ばかり鼻息を荒らげ、〝両雄並び立たず〟という古いことわざを実証したかっこうになった。

（The Romancers）

シャルツ＝メッテルクルーメ方式

レディ・カーロッタは片田舎の駅で途中下車し、列車がいそいそ出る気になるまでの暇つぶしにホームを一、二往復した。すると、その先の街道で少々どころでなく荷重超過の馬が四苦八苦しており、馬方は食いぶちを稼いでくれる荷馬に当たり散らす輩《やから》とおぼしい。そこで彼女はすぐさま出て行って、四苦八苦の形勢を一変させた。動物たちが酷い目に遭っていても「あなたには関係ない」んだから横からかばうのは禁物などと小うるさく口を出す知り合いはそれなりにいる。それで一度だけ、お説の通りに不干渉主義を実行してみた。いちばんうるさがたのご婦人が怒った雄豚につっかかられて、居心地悪いにもほどがある小さなマルメロの木に三時間近く追い上げられた時、レディ・カーロッタは仕切り柵のすぐ向こうで水彩画を描く手を止めず、雄豚の標的には断乎不干渉を貫いたのだ。ちなみにご婦人は結局助け出されたものの、どうやら彼女とはすっかり疎遠になったらしい。で、今回はというと列車に乗りそびれただけですんだ。列車が初めてせっかちになり、レディ・カーロッタ抜きで出発してしまったのだ。だが、置きざりにされた側は哲人のごとく飄々《ひょうひょう》としていた。本人抜きで手荷物だけの到着なら、友人縁者もいいかげん慣れっこだ。とりあえず、「別便にて」と玉虫色の文面で電報を打っておく。そして次の手を考える間もなく、偉そうな身なりの女に、正面きってじっくりと服装や外見の品定めをされたようすだった。

「ミス・ホープね、家庭教師の。迎えに来てあげたわよ」いきなり降ってわいた上に、実に一方的な物言いだ。

「いいじゃないの、それしかないならそうしますか」ひとりごとだが、レディ・カーロッタがこんなふうに変におとなしいと後が怖い。

「ミセス・クォーバールです」相手がつづけた。「ねえ、お荷物はどこなの?」

「迷子になってしまって」勝手に家庭教師認定されたほうは、その場にいないものがいつも悪いという人生の万能ルールにのっとった。事実からすれば、荷物の態度はどこにも非がなかったのに。「いま電報を打っておきましたの」と、後づけでいくぶん真実に近づけておいた。

「んまあ」と、ミセス・クォーバール。「鉄道会社って、迂闊《うかつ》にもほどがあるわね。でも、今夜だけは女中の借り着でなんとか間に合わせればいいわ」と、自家用車へ連れていった。

クォーバール家への車中では、これから任される予定の子供たちそれぞれの性質をくどくど語りこまれた。なんでもクロードとウィルフリッドは繊細で感じやすいお年頃、アイリーンは芸術の天分がずばぬけ、ヴァイオラにはまた違うよさがあるとかなんとか、要は、どの子も二十世紀のこういった階級にありがちな一山いくらの出来である。

「ただ教えるだけじゃなくて」ミセス・クォーバールは言った。「学ぶ対象に興味を持たせるようにしてね。たとえば歴史なんかは、人名や年代の丸暗記ですまさず、血の通った男女の逸話で臨場感を持たせてやって。それと、もちろんフランス語よ。週の何日かは食事時にずっとフランス語で過ごしてちょうだい」

「週のうち四日はフランス語にして、あとの三日はロシア語にいたしますわ」

「ロシア語？　ちょっとミス・ホープ、うちにロシア語がわかる人なんかいないわよ」

「気にしませんわ」レディ・カーロッタは冷たく片づけた。

下世話に言うと、ミセス・クォーバールはぺしゃんこにされた。半端な自信家にありがちな〝やたらと上から目線〟だが、それもこれも本気の反撃を食らうまでの話。打たれ弱く、たちまちびくついて言い訳がましくなる。しかも今度の家庭教師が買ったばかりのお高い大型車にちっとも感心してくれず、さりげなく最新型モデル一、二例の目立つ利点をあげられてしまうと、奥様ぶった物腰はもはや総崩れとなった。戦乱の昔、とっておきの巨象で戦場に出た将軍が、投げ槍と投石器にあっさり撃退されてしまった心境もかくやである。

晩餐の席ではつねに付和雷同してくれる夫の援護射撃があったのに、それでも失地回復できなかった。家庭教師はきちんとワインの作法を心得ていたばかりか各年のヴィンテージ評価までやってのけ、不調法なクォーバール夫妻では相手にならない。これまでの家庭教師はみんなワインにうとく、水で結構でございますなどと地味に本音を述べて恐縮するばかりだった。そこへいくと今度の人はお勧めのワイン会社まであげてみせ、そこの品ならどう転んでも大丈夫ですわなどと太鼓判を押す始末。なので、夫人のほうから月並みな話題へ切り替えをはかった。

「ティープ聖堂参事さまからずいぶん行き届いた推薦状が届いているわよ。つくづくご立派な方ねえ」

「大酒飲みで奥方に手を上げます。ほかはすこぶる人好きのする方ですけど」家庭教師はしれっと応じた。

「ちょっとミス・ホープ！　大げさなんじゃないの」と、夫妻は異口同音に驚いた。

「公平に申しますと、それなりの誘因はあるんです」と、でっちあげを続けた。「ミセス・ティープは、これまでブリッジをご一緒した方の中ではいちばんイラっとさせられます。あの方のリードやディクレアにパートナーがぶち切れるのもある程度は致し方ないと思いますし、どこの店も開いていない日曜の午後に、一本きりのソーダ水を勝手に飲み干してしまうようなやりたい放題で、配慮のなさが目に余る方でした。かえってこちらの性急さのあらわれと取られかねませんけど、実は、あのお宅をおいとましたのはそのソーダ水がきっかけでしたのよ」

「そのお話は、またの時にね」ミセス・クォーバールがあわててさえぎった。

「わたくしも二度と口外いたしません」家庭教師は断言した。

体裁のいい話題に変えようとしたクォーバール氏が、明日はなにから教えるのかと切り出す。

「歴史ですね」

「ああ、歴史ね」したり顔で、「ではね、教える対象にくれぐれも興味をもたせるように心がけてもらいたい。臨場感を出して――血の通った男女の逸話で――」

「それは、とうに全部言っといたわ」と、夫人が話をひきとった。

「歴史はシャルツーメッテルクルーメ方式で教えます」

「ああ、あの」夫婦そろっての相槌は、名前ぐらいは知ったかぶりをしておくか、という打算によるものだった。


「あなたたち、ここで何してるの?」翌朝、ミセス・クォーバールは階段の上にむっつりと腰をおろしたアイリーンを見とがめた。その向こうの出窓では、下の子のヴァイオラが狼の毛皮に全身埋もれかけてしょんぼりしている。

「歴史の授業中よ」予想外の返事だった。「あたしがローマで、ヴァイオラはあそこで雌狼、本物じゃなくてローマで大事にされた狼の像なんだけど――なんで大事かは忘れちゃった。クロードとウィルフリッドはみすぼらしい女をさらいに行ったの」

「みすぼらしい女？」

「そう、さらってこなくちゃ。ふたりともいやがったけど、言うことききかなきゃパパのファイブズ用バットでぶんなぐるぞってミス・ホープが。だから、しょうがなくて」

そこへ、おもての芝生でわめきたてる声がしたので、さてはその脅し文句を実行に移したかと走っていった。が、行ってみれば主に大声を出していたのは門番の幼い娘ふたりだった。息を切らして髪をくしゃくしゃにしたクロードとウィルフリッドがその子らを力ずくで押したり引いたりし、乙女ふたりの弟が及ばずながらなんとか阻《はば》もうとしてよけい事態を難航させている。家庭教師は平然とバットを持って石の手すりに腰かけ、戦争の女神さながら冷たく傍観してその場を仕切っていた。門番側の子供三人からは猛烈な「母ちゃんに言いつけてやる」があがっているが、当の母ちゃんは耳が遠く、ただ今は洗濯に気をとられている。

ミセス・クォーバールは懸念の目を門番小屋に投げると（耳の不自由な人間にたまさか見受けられる特徴ながら、門番の女房は実に喧嘩っぱやかった）、怒ってかけつけ、もみあう子らを救出にかかった。

「ウィルフリッド！　クロード！　おやめ！　その子たちをすぐ放しておやり。ミス・ホープ、この騒ぎはいったいなにごと？」

「ローマ建国史ですわ。サビーヌ族の女略奪の故事ですけど、ご存じない？　子供たちに歴史場面を実演させて理解をうながすのがシャルツ－メッテルクルーメ方式です。記憶に焼きつきますので。もちろん、奥様の口出しのせいで、サビーヌの女どもはとどのつまり逃げおおせたとご子息の頭に一生残っても、当方は一切の責任を負いませんけど」

「ミス・ホープ、あなたは優秀で先端を行く先生かもしれないけど」ミセス・クォーバールはきっぱり言い渡した。「次の列車ですぐ帰ってもらいます。手荷物は到着次第すぐに送りますから」

「数日ほどは所在がはっきりしませんの」と、お払い箱になりたての女家庭教師は、「電報で落ち着き先をお知らせするまでは、保管をお願いいたしますね。トランクふたつとゴルフクラブ数本、あとは子豹一頭だけです」

「子豹ですって！」ミセス・クォーバールは息をのんだ。この変人、いなくなった後まで面倒の尾をひく気らしい。

「うーん、もう子豹とは呼べなくなってきたかしら。おとなに半分以上は近いわ。いつもの餌は鶏丸ごとを毎日一羽、日曜は兎一羽です。なまの牛肉は刺激が強すぎてね。車は結構です、歩きたい気分なので」

そして、レディ・カーロッタはすたすたとクォーバールの世界からいなくなった。

やがて本物のミス・ホープが一日まちがえて到着、まともな婦人には異例の大騒ぎを起こした。どうもクォーバール一家は見事にかつがれたらしいが、そうとわかってひと安心でもある。

「あらまあカーロッタ、さぞお困りだったでしょ」遅刻した招待客をようやく迎えた滞在先の奥方曰く、「本当にご災難だったわねえ。列車を逃して、知らないお家に宿をお借りになったなんて」

「あら、そんなこと」レディ・カーロッタは言った。「平気よ——わたくしはね」


(The Schartz-Metterklume Method)

七羽めの雌鶏

「つらいのは毎日の仕事じゃないよ」ブレンキンスロープは恨みがましく言った。「退社後がひたすら退屈なんだ、面白みがない。非凡でもなし、すばらしくもない。で、小さなことをなんとか面白くしようとしても、みんなの反応はいまいちなんだ。たとえば、うちの畑とか」

「目方にかけたら、二ポンドをちょっと超えた例のじゃがいもかい」と言ったのは友人のゴルワースだった。

「それ、もう話したっけ？　けさの列車ではその話じゃなかったぞ。そっちもしたっけ」

「正確に言うと、初めは二ポンドをちょっと切るって話だった。けど、話半分に聞いてたよ。だって、そういう普通にない野菜とか、飛びきり大きな川釣りの獲物なんかは死後の生命があって、いつまでも成長し続けるらしいからな」

「君も他の連中とおんなじか」ブレンキンスロープがしょげた。「茶化すばかりなんだから」

「じゃがいものせいだ、ぼくらじゃない」ゴルワースが言った。「興味を持てないのは、面白くない話題だからだよ。毎日、列車で顔を合わせるメンツはみんな君とご同病だ。単調でありふれた日々を送っているから、他人のありふれた日々にゴマをする気になれないんだ。ためしに自分や身内に起きた、劇的でピリッとして度肝を抜かれるできごとの話をしてごらんよ。みんなこぞって、知人の誰かれに、君のことをちょっと自慢げに語り始めるからさ。『ぼくの親しいやつにブレンキンスロープってのがいてね、すぐ近所なんだが。ロブスターを夕食用に持ち帰る途中で、指を二本ちょん切られちゃった。医者が言うには片手を切断しなきゃならんかもしれない』なんてね。こんな話だとかなり盛り上がるね。だが、テニスクラブへこんなことを言いながら入って行く姿を想像してもみたまえ。『知り合いにじゃがいもを育てたやつがいて、その目方たるや二・二五ポンドもあったんだぜ』」

「ちょっと待ってくれよ、君」ブレンキンスロープがいらいらと言った。「今しがた言わなかったか。すごいことなんか、おれには起きたためしがないんだぞ?」

「じゃ、何かでっち上げたまえ」とゴルワースが言った。私立校に通っていた時分に聖書試験で優等を取って以来、仲間より少しぐらい無鉄砲に出ても構わないというお墨付きをもらったと思っている男だ。若い頃に旧約聖書中の樹木十七種の名をそらんじた人間なら、なるほどそんなことも多分にありうる。

「どんな?」ブレンキンスロープがちょっと喧嘩腰で聞き返した。

「昨日の朝、君んとこの鶏囲いに蛇が紛れこんで雌鶏七羽のうち六羽までやられた。まず睨みつけて金縛りにしておいてから、棒立ちになったところを次々に丸呑みした。ただし七羽めの雌鶏は目に羽毛がかぶさって見えないフランス種だったせいで蛇の金縛りを免れ、ところどころ見えていた蛇の胴体に飛びつき、ずたずたにつついてしまったとかね」

「そりゃどうも」ブレンキンスロープの声がこわばった。「そりゃまた露骨な捏造もあったもんだね。そんなことがうちの鶏囲いで本当に起きようもんなら、大いに鼻高々でだれかれかまわず吹聴して注意を引くだろうよ。だが、たとえありきたりでもおれはあくまで事実にこだわりたい」とは言いつつも、七羽めの雌鶏は心にしっかり棲みついてしまった。自分が一心不乱に聞き入る相乗り客たちに取り巻かれ、列車の中でその話をする姿が目に浮かぶようだ。そしていつしか、おのずと尾ひれがついて育ちはじめた。

翌朝に車両に乗りこんだ時の頭にはあの話がしぶとく居座っていた。向かい席に乗り合わせたのはスティーヴナム、伯父が国会議員選の投票中にばったり倒れて死んだという事実のおかげで、仲間うちでは一目置かれている。あれから三年たつというのに、いまだに内政外交問題では意見を尊重されていた。

ひきかえ、相乗り客たちのブレンキンスロープへの挨拶ときたら、こうだ。「やあ、あの巨大キノコか何かはどうなった？」

ダクビーという、どうもいけ好かない若造なんか、ご家庭の災難ネタでたちまち一座の注意を独占した。

「ゆうべ、おったまげるような大鼠に若鳩を四羽もってかれちまったよ。ああ、とんでもない化け物だったに違いない。屋根裏へ開けやがった穴からすると、そうなりそうだ」

そこんちの鳩の群れに手を出した鼠が標準サイズだったためしは一度もなさそうだ。どれもこれも決まって超弩級とくる。

「ひどい目にあったよ」全員の注視と尊敬を確保したのを見すまして、ダクビーが続けた。「いっぺんに四羽なんて、いうなれば予期せぬ天災ってやつじゃないか」

「おれなんか昨日の午後に、七羽いた雛鶏のうち六羽まで蛇に食われたよ」自分でも誰かと思うような険しい声で、ブレンキンスロープが言いだした。

「ええっ、蛇に？」興奮の声がコーラスで返ってきた。

「ぎらぎらした恐ろしい目で雛鶏どもを魅入ってさ、一羽また一羽と金縛りにしたんだよ。おかげで逃げるに逃げられなくなっちまった。隣の人が寝たきりでね、助けは呼べなかったが一部始終を寝室の窓から見てたんだ」

「そんなの、聞いたこともないよ！」コーラスが口々に騒いだ。

「面白いのは七羽めでね、一羽だけ助かった」ブレンキンスロープはまた口を開いて、おもむろに煙草をつけた。それまでのおどおどした感じは消え、いったん度胸を出せば堕落がどれほど楽で安全かを実感しだしている。「死んだ六羽はミノルカ種だった。で、七羽めはフーダン種でね、もじゃもじゃの羽で目が隠れてる。おかげでろくに蛇が見えず、当然ながら他のみたいに金縛りにやられずにすんだってわけ。なにか地面をのたくってるぞと飛びかかり、あべこべにつつき殺しちまった」

「いやあ、そりゃよかったなあ！」コーラス団がいっせいに声を上げた。

あと数日はそんな調子で、みなの敬意をかちえれば、やましさなどはものの数でなくなるのを痛感した。やがて七羽めの雌鶏の話はある養鶏新聞に掲載されたのち、一般紙にも転載された。スコットランド北部のさる婦人が新聞へ投書して、目の不自由な雷鳥がえぞいたちに対する類似例があると報告を寄せた。どうやら嘘をつくと、嘘っぱちと見破られるまでは、どういうわけか非難の度合いが激減するらしい。

第七雌鶏譚の改作者はしばらくそうして世間の脚光を浴びる珍事件にいくぶん関与し、時の人のにわか気分を満喫した。そこへ、幼い娘がミュージカル女優所有の車にひっかけられて負傷しそうになった通勤仲間のスミス－パドンがいちやく注目を集めたおかげで、またしてもうそ寒いその他大勢にいやおうなく逆戻りである。女優はその事故の時は乗っていなかったが、絵入り新聞各紙がこぞって〝エドマンド・スミス－パドン氏の令嬢メイジーの容態を気遣う女優ゾートー・ドブリン〟の写真を載せた。おかげで通勤仲間はみんな、この新しい人間的興味をひくネタに夢中になり、ブレンキンスロープが毒蛇やはやぶさを鶏囲いから追い払う工夫を説明しようとしても、ぞんざいに聞き流されてしまう。

そこでブレンキンスロープはこっそりゴルワースにお悩み相談し、前と同じアドヴァイスをもらった。

「じゃ、何かでっち上げたまえ」

「ああ、だがどんな?」

即答のアドヴァイスにその質問で応じるあたりに、倫理面のゆゆしい変化がしのばれる。

数日して、ブレンキンスロープは通勤列車のお仲間に身内の逸話の一端をご披露した。

「うちの伯母が珍事件に出くわしてさ、パリに住んでるんだけど」冒頭にそうきた。実際に五、六人のおばがいるが、どのおばの所在地も地図上はすべてロンドン圏内だ。

「こないだの午後、伯母はルーマニア公使館のランチパーティのあとで、ブーローニュの森のベンチで腰をおろしてた」

どんな要素であれ、外交がらみの〝雰囲気〟を混ぜようものなら派手にはなるが、その瞬間から現実の事件とは受け取ってもらえなくなる。ホラ吹き道の新弟子にそういう場合を想定するよう、かねてゴルワースに釘をさされていたものの、新弟子はとかく功を焦りがちである。

「かなり眠気がさしてたんだね。シャンパンのせいだろう、昼ひなかに飲む癖はないから」

へええ、と控えめな感心の声があがる。昼ひなかどころか、さしたる行事のない年のなかほどにシャンパンを飲む癖など、ブレンキンスロープのおばたちにはない。クリスマスと新年につきものの小道具なのだ。

「じきにそこへ太り気味の紳士が通りすがりにちょっと足を止め、葉巻をつけようとした。まさにその時、若い男がその背後に寄っていき、仕込杖を抜いて六回ほど滅多刺しにしたんだ。『この悪者め』と声をはりあげ、『おれがわからんだろう。アンリ・ルテュルクだぞ』年かさのほうは服についた血をいくらかぬぐうと向き直って、『で、いつから暗殺未遂が自己紹介のかわりになったのかな?』とやりこめ、葉巻をつけ終えて行ってしまった。伯母は悲鳴をあげて警察を呼ぼうかと思ったが、当人がまったく取り合わないのに、外野がむやみな口出しもどうかという気がした。むろんいうまでもなく、うららかな午後の公使館シャンパン効果だろうってね。で、ここからがびっくりなんだが。二週間後に森の同じ場所で、さる銀行支配人が仕込杖でやられた。殺したのは、酒浸りだからというので、その支配人にくびにされた雑役婦の息子だよ。名をアンリ・ルテュルクという」

その瞬間、ブレンキンスロープは仲間から暗黙のうちにミュンヒハウゼン男爵認定されてしまった。よってたかって、こまめに水を向けては嘘の皮がどれだけ張っているか試しにかかるのだが、ブレンキンスロープのほうでは喜んで聞くそぶりにまんまと騙され、みなに求められるままにせっせと荒唐無稽な話にいそしんだ。ダクビーなどは皮肉っぽく、野生のカワウソを手懐けて庭の水槽で飼ってたら、水道料金納入が遅れるたびにそわそわして鳴きだすんだ、などと言い出したが、パロディのつぼは押さえているものの、ブレンキンスロープのほうが荒唐無稽度では上を行く。やがて、因果応報の時がきた。

ある晩のこと、ブレンキンスロープが戻ってみれば、妻がトランプを前にしていつになく考えこんでいる。

「いつものペイシェンスかい？」なにげなく声をかけた。

「違うの。これは死人の首ペイシェンスで、難易度がいちばん高いの。上がったことは一度もないんだけど、そうなったらかなり怖いわ。母は人生にいっぺんだけ上がりが出たんだけど、やっぱり怖がってた。母の大伯母も上がりを出したとたんに興奮で急死したから、上がったら自分もそうなるんじゃないかって、ずっと。で、上がった晩に死んじゃった。当時かなり体を悪くしてたのは確かだけど、偶然にしたって変よね」

「怖いんならやるなよ」部屋を出がけにそんな常識的な感想を述べる。数分後に妻がこう声をかけてきた。

「ねえ、ジョン、びっくりだわ。上がり寸前までいったわよ。かろうじてダイヤの五がつかえてるけど、ほんとに上がっちゃうかと思った」

「できるじゃないか」戻ってきたブレンキンスロープが、「クラブの八をあの空いた九に乗っければ、その五を六に乗せられるだろ」

震える指をその通りに動かし、妻は残りの札をそれぞれの組に重ねた。そして母や、そのまた大伯母の先例にならった。

妻への情に嘘はなかったものの、悲嘆のただなかにあってさえ、ブレンキンスロープの頭をおのずとある考えが占めた。実人生にとうとう驚きの事件が起きたぞ、もう無味乾燥な日々じゃない。家庭の悲劇にふさわしそうな見出しが絶えず浮かぶ。「家伝の予感的中」、「死人の首ペイシエンス。名に恥じぬ不吉ぶりを三世代にわたり実証」。友人が主筆をつとめる『エセックス・ヴエデット』紙へ妻急死の経緯すべてを書き送り、別の友人に要約版を送ってさる半ペニー日刊紙への投書を頼んだ。が、いずれもホラ名人の定評があだとなった。「奥さんに死なれてまでミュンヒハウゼン行為はいかがなものか」が友人の総意で、地方紙のお悔やみ記事に短く、「尊敬される隣人ジョン・ブレンキンスロープ氏の夫人が心臓発作により急逝」と出たにとどまる。世間に喧伝されるという夢の、竜頭蛇尾というもおろかな結末であった。

ブレンキンスロープはそれまでの通勤仲間を避けて、もっと早めの列車にした。たまに聞いてくれそうな相客がいれば、いちばん上等なカナリアの妙技だの、特大ビーツの大きさなどをネタに気を引こうとする。が、七羽めの雌鶏の主として脚光を浴びたころの面影はない。

（The Seventh Pullet）

盲点

「アデレードの葬儀をすませてきたばかりだな？」サー・ラルワースが甥に言った。「おおかた、よくある葬儀だったろう？」

「一部始終は昼食の席で」エグバートが言った。

「そいつはいかん、亡き大伯母にも昼食にも不謹慎だ。スペイン産オリーブで始めて次にボルシチ、またオリーブを出してから何かの鳥料理と一緒にそれなりのラインワインを出す。国内に出回っとるワインほどバカ高くないが、なかなかいけるよ。そんなメニューのどこにアデレード大伯母やら葬式の話題がしっくりなじむ余地があるというのか。味のある女《ひと》だったし、必要に迫られれば頭も切れたが、どうもなあ、どういうわけか、あの人にはイギリス人コックの作るマドラスカレーの印象がつねにぬぐえなかった」

「伯父さまは軽いお方だ、と生前によくおっしゃっていました」エグバートの声には、その評決に傾き気味の内心がのぞいていた。

「人生には澄んだスープのほうが澄んだ良心よりよほど大事だとはっきり言ってやって、実にけしからんと思われたせいだろう。ほどということがわからん人だったな。ところで、今回の主相続者はおまえになっとるんだろう?」

「はい、遺言執行人もぼくです。その絡みで特にお話があるんですが」

「だいたいふだんから実務はあまり性に合わん。昼食直前になんぞ、断乎お断りだ」

「厳密には、実務とはいえません」エグバートが説明しながら伯父の後から食堂へ入る。「かなり深刻ですね。すこぶる一大事です」

「なら、なにもこの場で持ち出さんでも」と、サー・ラルワース。「ボルシチを食べながら深刻な話は無理だよ。これから出すつもりのすばらしいボルシチなら、会話どころか頭の中までまっ白になるのはまちがいなしだ。その後に再度のオリーブまでたどりつけば、新規借用証書の話だろうが、なんならルクセンブルク大公国の現状でもなんなりと受け付けてやろう。だが、鳥を食べ終えるまで、なんであれ実務に近い話は絶対にお断りだ」

なにかが心にひっかかった男によくあるように、エグバートは食事中おおむね黙りこくっていた。そして食後のコーヒーになると、にわかに伯父のルクセンブルク宮廷懐古談をさえぎってこう言い出した。

「さっきお話ししたと思いますが、アデレード大伯母さまの遺言執行人に指名されました。法的には大して難しくないとはいえ、おかげで故人の書類すべてに目を通さざるをえなくなりましてね」

「それだけでもひと仕事じゃないか。身内の手紙がどっさりあったろうし」

「ありましたけど、たいていはどうでもいい内容でした。でも、これは捨て置けないというのが一束だけありまして。差出人は大伯母さまの兄のピーター大伯父さまでした」

「あの聖堂参事か、ひどい死にざまの」

「まさにおっしゃる通り、ひどい死にざまでした。しかも迷宮入りで」

「簡単明瞭なのが意外と正しいもんだろう。石段で足をすべらせ、頭を割ってしまった」

エグバートがかぶりを振る。「検死結果はすべて、頭の傷はうしろから何者かに殴られてついたと立証しています。階段にぶつかった傷なら、頭にあんな角度でつくわけがありません。当局があらゆる事態を想定して、ダミー人形で実験した上の結論ですからね」

「だが、動機は?」サー・ラルワースが声を上げた。「わざわざ殺したいほどのやつじゃなかったし、国教の聖堂参事をただの面白ずくで殺すやつなど、いたって限られとるだろう。そういう心の病気のやつだって、むろんいるにはいるだろうが、それなら犯行をひた隠すのはまれで、むしろ大々的にひけらかすのが普通だろう」

「被疑者はお抱えコックでした」エグバートが言ったのはそれだけだった。

「そうとも、悲劇の時刻に邸内にいたのはあいつだけだったからな。だが、セバスティアンに殺人の罪をきせるなんてばかげた話があるか？　雇い主が死んでもなにひとつ得にはならん、実際は損ばかりだ。聖堂参事はずいぶん報酬をはずんでいたから、あいつをうちに引き取った時は、ぎりぎり出せるかというほどの高給取りだった。その後も働きぶりに応じて多少の色はつけてやったがね、当時のあいつは条件面にこだわるより、とにもかくにも勤め先が見つかって喜んでいた。世間にかなり敬遠され、国内にさしたるつてもなかったのでな。いやいや、あの聖堂参事に食欲旺盛で長生きしてほしいと思う人間がいたとすれば、まず確実にセバスティアンだよ」

「人間というのは、往々にして軽はずみの結果を軽視しがちでしてね」とエグバートは云った。

「さもなければ殺人は激減するでしょう。セバスティアンは、前後見境なく血がのぼるたちです」

「南欧出身だからな」サー・ラルワースが認めた。「地理でいうと、たしかピレネー山脈のフランス側斜面だ。このあいだもソレルのまがいものを持ち込んだといって庭師の子を殺しかけてな、その件を考え合わせて情状酌量した。氏素性や育ちや土地柄などはつねに大目に見てやらんと。〝その者の経度を知り、もって許容緯度を推し量るべし〟が、わしの金言だね」

「ほらね」とエグバートに言われた。「庭師の子を殺しかけたでしょ」

「あのな、エグバート、庭師の子を殺しかけたのと、聖堂参事を完全に殺したのでは雲泥の差だぞ。庭師の子をぶっ殺してやりたくなるのは実によくある話だ、それは間違いない。おまえは実行しなかったし、その克己心は見上げたものだ。しかし、それでも八十代の聖堂参事を一度でもぶっ殺したくなったとは思えん。しかもわれわれの知る限り、あの二人に口論確執のたぐいは一切なかった。その点は審問の証拠ではっきりしておるだろう」

「ああ！」先送りにしてきた本題に、やっとたどりついたぞという感をにじませ、「お話があるのは、まさにその件です」

エグバートはコーヒーカップをよけて胸の内ポケットから手帳を出すと、大事にはさんでおいた封筒を出した。中身は細かいきれいな字でびっしり書かれた手紙だ。

「ピーター大伯父さまがアデレード大伯母さまによこした膨大な手紙の一通です」と説明する。

「亡くなる数日前ですね。このころからすでに大伯母さまの記憶は不確かで、たぶん読んだはしから忘れてしまったのでしょう。さもなければ直後にあの事件ですから、この手紙の話はぼくらの耳にも必ず入っていたはずです。これが審問に提出されていたら、判決もまた違ったはずですし。伯父さまが今おっしゃったように、そんなだいそれた犯罪――だったとすれば――に踏み切るだけの動機や挑発らしきものは皆無だとはっきり立証され、セバスティアンへの嫌疑は撤回されました」

「ああもう、いいからさっさと読んでくれ」サー・ラルワースはしびれを切らした。

「大伯父さまの晩年のお手紙はたいていそうですけど、だらだら冗長です。ですから、事件解明にじかに関わる部分だけを抜いてみますね。

『セバスティアンを首にせざるをえないという気がしてなりません。料理の腕は神がかっていますが、なにぶん悪魔か類人猿なみの癇癪持ちで、小生は現実に身の危険を感じています。先日も聖灰水曜の昼食について適切な献立を巡って言い合いになり、あいつの自惚れと強情にほとほと手を焼いたあげく、とうとうやつの顔面にコーヒーをぶっかけて、身のほど知らずの猿めと言ってやりました。実をいうと顔にはそうかからなかったのですが、ここまで嘆かわしく己の分際を見失った人間を、生まれてこのかた見たためしがありません。かんかんになってぶっ殺してやると口走っていましたので、小生は笑いとばしてその場限りにしたつもりでした。ですが、すごい形相でぶつくさ言う不穏極まる態度を何度か見かけ、最近ことにイタリア庭園を散歩する夕方になると、あとをつけられている気がします』

死体発見は、このイタリア庭園の石段でした」と中途で言い、エグバートはまた先を読んだ。

「『まあ、ただの思いすごしでしょう。ですが、大事を取ってやめさせたほうが安心です』」

そこまで読んでちょっと間を置き、伯父がなにも言わないのでさらに、「もしも、セバスティアンに動機がないだけで告発を免れたのでしたら、ぼくがこの手紙を出せば、おのずと話は違ってくるでしょうね」

「他にもだれかに見せたか」サー・ラルワースがたずねながら、その有罪証拠の手紙をもらおうとした。

「いえ」エグバートはテーブル越しに手紙を渡した。「まずは伯父さまにと思いまして。えっ、ちょっと、いったいなにを?」

エグバートの声はほとんど悲鳴だった。サー・ラルワースがごうごう燃える暖炉へ手紙をきっちり投げこんだからだ。あの細かいきれいな字は、みるまにちぢんで黒い灰になってしまった。

「なんだって、そんなまねを?」エグバートは息をのんだ。「こちらが握っているセバスティアン有罪の証拠は、あの手紙しかなかったんですよ」

「だから燃やしたんだよ」

「だけど、なんでそこまでかばうんですか?」エグバートが大声を上げた。「よくいる人殺しなのに」

「よくいる人殺しかもしれんが、あれだけの料理人はなかなかおらんのでな」


(The Blind Spot)

黄昏

ノーマン・ゴッビーはハイドパークのベンチに腰かけていた。ベンチ裏には仕切り柵と細い刀形の植えこみ、前を向けば大きな馬車道のさきにロットンロウ馬場がひらけている。すぐ右手のハイドパーク・コーナーは車輪の音やクラクションでけたたましい。三月初旬の夕方六時半ごろで、ほのかな月明かりと街灯多数はあるものの、周辺は暮れなずんでいた。道路も歩道もがらんとしていたが、薄暗がりでも意外と人がいて、黙って歩くか、顔もわからない影絵と化して付近のベンチや椅子に散らばっていた。

ゴッビーの目にも、今の気分にも、その光景はしっくりなじんだ。思うに、黄昏《たそがれ》は負け犬の時だ。男でも女でも敗れた者は、落ちゆくわが身の運命や死に絶えた望みを好奇の目からなるべく隠してこの薄明の時に出れば、みすぼらしい服装やがっくり落ちた肩、意気消沈した目などを見とがめられず、そもそもまったく見られずにすむかもしれない。

逐《お》われた王のうって変わった姿よ
世の人情とは辛《から》き上にも辛きもの

黄昏をさまよう者たちはわざわざ人目をひかない。だからこうしてこうもりのお仲間みたいに出かけて、人目のない遊び場でわびしい慰安を求める。隠れ家をへだてる植え込みや柵の向こうは、光まばゆい、にぎわう人と音の領域だ。何層も広がる窓は、どれも夕闇を追い散らせとばかりにこうこうと輝いている。さまよい人とは別人種の住みか、いまだ戦場に踏みとどまって降伏せずにいられる者たちの居場所だ。ほとんど人のいない歩道のベンチで、ゴッビーはそんなふうによしなしごとを思い描いていた。まるで自分も負け犬のお仲間気分だ。すぐ金に困る身でもない。その気になれば、光と喧騒の支配するあっちの大通りへぶらぶら出かけて贅沢気分を味わうなり、十人十色に悪あがきする人々を肘でかきわけて進んでいってもいい。より高尚な夢はとうに破れ、しばらくは幻滅と傷心を抱えて他人を観察しがてら、街灯のすきまで薄明を行きかう者たちの品定めに、ちょっと皮肉な食指を動かしている、といったところだ。
ベンチのお隣はいいかげん気概が枯れかけた年配紳士で、人や物への抵抗はやめたが、自尊心の痕跡はわずかにあるらしい。身なりも決してみすぼらしくなく、少なくとも黄昏ならまずまずの人品で通るものの、半クラウンのチョコレート詰め合わせや、ボタンホールにさす九ペンスのカーネーションに手が出るとは思えない。笛吹けど誰も踊らずのわびしいオーケストラの団員にはちがいなく、いくら世を嘆いてもつられて泣く者はいない。その紳士が腰をあげた。ゴッビーの想像では、帰る先はおおかた誰にも相手にされない家か、週ぎめの下宿代だけを気にするようなうらぶれた下宿だろう。後ろ姿がだんだん遠ざかって闇に消えると同時に、同じ場所に腰をおろした若者がいる。こんどの身なりはかなりいいが、顔つきは似たり寄ったりのしけた感じだ。世の中の仕打ちがひどいという事実を強調するようにどさりと乱暴に腰かけ、聞こえよがしな怒声で口汚い悪態をついた。

「虫の居所が悪いらしいね」これ見よがしな不機嫌ぶりに、いやおうなく注目を期待された気がして、ゴッビーが声をかけた。

とたんにあけっぴろげな顔でこちらを向く態度に、たちまち警戒心をかきたてられる。

「ぼくみたいな泥沼にはまったら、そりゃあ虫の居所も悪くなりますよ。生まれてから一度もしたことないような大ばかをやっちまったんです」

「というと?」ゴッビーが気乗りしない声を出した。

「バークシャー広場のパタゴニアンホテルに泊まるつもりで、今日の午後に出てきました」若者が続けた。「ところが着いてみたら、ホテルは数週間前に取り壊され、跡地に映画劇場なんかができてるんです。タクシーの運ちゃんにその少し先のホテルをかわりに勧められて行ってみました。うちの者にすぐ手紙で住所を教え、出かけて石鹸を買った——忘れたし、ホテル備えつけの石鹸は嫌いなんでね。あとはちょっと散歩でもして、バーで軽くやって店をひやかそうと。で、いざホテルへ戻る段になってふと気づけば、ホテルも、通りの名さえきれいに忘れちゃってる！ちょっとしたピンチですよ、ロンドンにひとりも友達や親戚はいないんですから！　もちろん家に電報で住所を尋ねてもいいんですが、手紙は明日にならなきゃ届きません。しかも、今は手持ちの金がぜんぜんです。ホテルを出がけに持ってたのは一シリングかそこらで、あの石鹸を買って一杯飲んだところでなくなっちゃいました。で、今はこうして懐中に二ペンス玉一個で、行くあてもなく一晩うろついてるってわけです」

語り終えると、雄弁な間があいた。「きっと、口からでまかせだと思ってるんでしょう」若者は声に恨みがましさを匂わせて、ようやくそれだけ言った。

「まんざらありえなくはないよ」ゴッビーが裁判官じみた物言いをした。「かくいう私もまったく同じことを、外国の首都でやらかした覚えがあるし、その時はたまたま二人連れだったから、ありえなさでは上を行ったね。幸い、ホテルが何かの運河に面していたのは覚えていたから、その運河に出くわしてホテルまでの戻り道をなんとか見つけたんだが」

その昔話に若者は嬉しそうに乗ってきて、「ぼくだったら、外国ならそんなに心配しないなあ。領事館へ行けばすむじゃないですか、そっちで必要な手助けはしてもらえるでしょ。そこへいくと自国じゃあね、困っても見向きもされやしない。ただ、誰かまじめな人によく事情をのみこんでもらった上で、いくらか金を借りて堤防あたりで夜明かしできそうなら話は違ってきますけどね。ま、とにかくあなたに口からでまかせだと思われなくて本当によかった」

最後の一言にこれでもかというほど温かみをこめている。希望はゴッビーの実直度にかかっているのだ、といわんばかりだ。

「もちろん」ゴッビーが重い口を開いて、「君の話には、石鹼を出せないという弱点がある」

若者はあわてて前かがみになり、オーバーのポケットをあちこち探ると、にわかに立った。

「絶対なくしたんだ」と怒ってつぶやく。

「同じ午後にホテルと石鹼をふたつともなくすとは、うかつの度が過ぎるよ」と言ってやったが、相手は最後までろくに聞こうとせず、すまし顔でどこか投げやりにさっさと小道を抜けていった。

「惜しかったな」とゴッビーがつぶやく。「石鹼を出せれば実話で通るのに、そんなささいな点をおろそかにしたばかりにしくじった。もうちょっと頭の切れるやつで、薬局らしい包装と封印をした石鹼をぬかりなく持っていれば、この点だけは本物の天才の仕事だったんだが。あの道の天才になろうと思ったら、いやが上にも細心な目配りを無限にできなきゃだめだね」

そう思い返しながら腰を上げかけたところへ、思わずあれっと声を上げてしまった。ベンチのすぐ横に、小さな楕円形の包みが転がっていたからだ。薬局らしい包装に封印がある。だれがどう見ても石鹸で、若者がどさりと座った勢いでオーバーのポケットからこぼれたとおぼしい。次の瞬間、ゴッビーは心配しながら暮れなずむ道をあちこち回ってあの若者を探した。さんざん探し歩いてようやく、馬車道のはずれでぼうっとしているのを見つけた。どうやらこのままハイドパークをまっすぐ行くか、にぎやかなナイツブリッジの大通りへ出るかを決めかねていたらしい。ゴッビーに呼びとめられ、ぱっと向いた顔にはなにやら身構えた敵意がのぞいていた。

「ほら、話の確証があったよ」ゴッビーは石鹸を出した。「ベンチへかけたはずみにオーバーのポケットから落ちたんだろう。行ったあとの地べたに転がってたよ。信用しないですまなかったが、どうもにわかに信じきれないふしがいろいろあったもんでね。証拠の石鹸を出せと言って、こうしてちゃんと出てきた以上は知らん顔もできない。どうだろう、一ソヴリン貸してあげたら、なにかの役に――」

若者はすぐさまソヴリン金貨をしまいこんで、役に立つかどうかの疑念を打ち消した。

「住所はこの名刺にある」と続けて、「返しにくるなら今週いつでもいいよ。はい、石鹸――強い味方だ、もうなくすんじゃないぞ」

「見つけてくれてよかった」若者はそう言うと、なにやら喉につまった声で礼もそこそこに、ナイツブリッジさして駆けだした。

「気の毒になあ、手持ちがなかったのか」ゴッビーは思った、「道理で、苦境を脱したあの喜びようったら。こっちもいい勉強になったよ、勘ぐりすぎもほどほどにっていう」

戻りがけに、あの一幕があったベンチを通りかかると、しきりとベンチの下や周囲を探している年配の紳士がいた。見れば、さっきの先客ではないか。

「あのう、なにかお探しで？」と、尋ねてみた。

「そうなんです、石鹸を落としちゃって」

（Dusk）

迫真の演出

「クリスマス向けのアイディアをいろいろお持ちならいいけど」到着したばかりのお客にブロンズ夫人が言った。「古臭いのも最新流行の過ごし方も飽きてしまったわ。今年こそはぜひ、本当に独創的なお祝いをしなくては」

「先月はマシソン邸に泊めていただいたの」ブランチ・ボヴィールが熱心に応じた。「まさに名案でしたわ。招待客全員が演じる役をひとつ決めて、パーティ中ずっとそれを演じ続け、終了時にひとりひとり何の役か当てなくちゃいけないの。だれが名演技だったか投票してね、いちばん票を集めた人に賞品が出たんですよ」

「あら、面白そう」ブロンズ夫人は言った。

「私はアッシジの聖フランシスコになったの」ブランチが続けた。「違う性別でも構わないって決まりだったから。食事中はしょっちゅう中座して、小鳥たちに餌を投げてやったわ。ほら、聖フランシスコでぱっと思い浮かぶのは、小鳥と仲良しって逸話でしょう。でも、みんなほんとに鈍《にぶ》くって、チュイルリー庭園で雀に餌付け中の名物おじいさんだと思われちゃった。ペントレー大佐はディー川の陽気な粉屋でした（民謡「ディー川の粉屋」から）」

「そっちはどうやったのさ?」尋ねたのは、バーティ・ヴァン・ターンだ。

「〝朝から晩まで笑い歌う〟よ」とブランチが説明した。

「そりゃ、居合わせた人たちは大変だあ」とバーティが言った。「それはともかく、あそこはディー川の土手じゃないだろ」

「そこは想像で補わないと」ブランチが言った。

「そこまで想像できるなら、ついでに川向こうの牛の群れと、その牛を呼びながらディー川の中州を渡って帰ってくるメアリまで想像可能だろ。さもなきゃ憂いの川に置き換えてさ、川底へ沈んだ自分を想像し、憂いの川で溺れたウィリーとかですって言い張るのもありなわけだ」

「茶化すだけなら楽よね」ブランチがつんけんした。「でも、ほんとにすごく頭を使って面白かったの。一等賞はちょっと失敗だったけど。だってね、ミリー・マシソンが『私は鷹揚《おうよう》な貴婦人です』なんて言うんだもの。邸の女主人はもちろんあの人だから、泊まり客みんな、一番はあなたですって票を投じるしかないでしょ。そうでなければ私が一等賞で決まりだったのに」

「クリスマスパーティにはほんとにうってつけね」とブロンズ夫人。「うちでも絶対にしましょう」

主人のサー・ニコラスは奥方ほど乗り気ではなかった。「本当に確かかね、君。利口なやり方だというのは本気か？」二人きりになると言った。「マシソンの屋敷じゃうまくいったかもしれんが、あそこはわりあい高齢者の多い退屈なパーティだからな。うちとは全然違うぞ。例えば、名だたるおてんば娘《フラッパー》のダーモットがいる、なんでもホイホイやってしまう子だ。それにヴァン・ターンがどんなやつか知ってるだろう。さらにシリル・スキャタリーには父方か母方かに狂気の血、もう片方にハンガリー人の祖母がいるんだぞ」

「だからって、そうひどいことをしたかしら」ブロンズ夫人は言った。

「未知なるものこそ恐ろしい」とサー・ニコラスが言った。「もしもスキャタリーがバシャンの雄牛（旧約聖書詩篇二二）でも演じる気を起こしたら、まあ、わしならその場に居合わせたくはないな」

「もちろん聖書の登場人物は一切禁止にしましょう。ただ、バシャンの雄牛のどこがそんなに恐ろしいのか全然わかりませんけど。ぐるぐる回って口を開けるだけでしょ、覚えている限りでは」

「あのな、君、ハンガリーの血を引くスキャタリーの想像力がそこをどう解釈するか知れたもんじゃないだろう。後でこう言うのは君だって不本意なはずだぞ。『あなたのはバシャンの雄牛と似ても似つかないわ』」

「んもう、取り越し苦労ばかりなさって。この案に、わたくしは特別乗り気なの。絶対に、のちのちまで語りぐさまちがいなしよ」

「そこだけは相当に見込めるな」サー・ニコラスに言われた。

初日の晩餐はあまり盛り上がらなかった。自分で決めた役柄に沿って演技しながらも、他人の挙動から役柄特定のヒントをつかまなくてはいけない。その緊張感が盛り上がりを妨げた。それで人のいいレイチェル・クラマーシュタインが一、二時間ほど「演技コンテスト」を中休みにしませんかと提案すると、みなに歓迎されて食後しばらくピアノのミニコンサートになった。レイチェルはピアノが大好きだが、なんでもかんでも無差別にというわけではない。鍾愛のわが子モーリッツとオーガスタの演奏におおむね限定されるし、公平に言うと二人ともピアノがすこぶるうまかった。

クラマーシュタイン家はクリスマス客にひっぱりだこで、当然だった。クリスマスと新年のプレゼントには金に糸目をつけないし、ミセス・クラマーシュタインは今回の優勝者に賞品を出しましょうかと早くも匂わせている。そう聞くや、みなが急に活気づいた。これが女主人のブロンズ夫人提供なら二十から二十五シリングどまりのケチなお土産品だが、出どころがミセス・クラマーシュタインならば数ギニーは出してくれる。

　モーリッツとオーガスタがようやくピアノをやめると、熾烈な演技合戦の小休止も終わりを告げた。ブランチ・ボヴィールはなんとかアンナ・パブロヴァとわかってもらえるかしら、と思いながらせっせと連続ジュテをしつつ早めに退室した。が、十六歳のフラッパーのヴェラ・ダーモットが自信たっぷりにマーク・トウェインの名高い「跳ね蛙」のつもりでしょと述べ、全員の賛同を得た。もうひとり、率先して早めに寝たのは、日課の健康法を分刻みで遵守しているウォルドー・プラブリーだった。二十七歳のものぐさ系ぽっちゃり君で、幼いころから特別虚弱と決めてかかった母親が風にも当てずにちやほやしたせいで、見事にヤワな肉体にだだっ子気質が宿ってしまった。本人的に絶対外せない日課もろもろのなかでも、就寝前のややこしい呼吸運動に始まる健康儀式後の九時間ぶっ通し睡眠がとりわけ大事で、ほかにも無数のささいな自分ルールで周囲を遠慮なく振り回す。朝はおめざのお茶専用のティーポットがあり、どこへ泊まりに行こうと、客室づき召使にもったいぶって渡す。この貴重なティーポットのメカニズムを完全にのみこんだ者などひとりもいないが、バーティ・ヴァン・ターン発の伝説では、注ぎ口をずっと北へ向け続けるのだという。

　よりによってこの晩、不可侵の九時間睡眠が土足で踏みにじられた。十二時から夜明けまでに、なにかとそうぞうしいパジャマの人物がいきなりウォルドーの客室へ乱入したのだ。

「な、なに？　なに探してんの？」たたき起こされたウォルドーにも、しだいにヴァン・ターンがなにか探しているらしいとのみこめてきた。

「羊だよ」が返事だった。

「羊ぃ？」ウォルドーがすっとんきょうな声をあげた。

「ああ、羊だとも。まさかキリンを探すなんて思わないだろ？」

「どっちだろうと、なんでぼくの部屋にいるはずだなんて思うんだよ？」ウォルドーが怒って言い返した。

「夜ふけのこんな時間に、言い合いは無理だ」などとバーティはたんすのひきだしを急いで物色している。シャツや下着がばっさばっさと床へ放り出された。

「ここに羊なんかいないって言ってるだろっ」ウォルドーが金切り声になる。

「君はそう言うけど」と、バーティは予備寝具類の大半を床へほっぽり出した、「何も隠してなければ、そこまでムキになるはずもない」

ここでようやくバーティがおかしくなった、と察したウォルドーはおびえつつ下手に出始めた。

「いい子だからさ、ベッドへ戻ろうよ」と泣きを入れる。「そしたら、君の羊は朝までに無事見つかるから」

「絶対」バーティがふさぎこむ、「しっぽがなくなってる。マン島の猫みたいな羊の群れが出てきてみろ、おれはとんだ笑いものだ」

その困った見通しを強調しようと、ウォルドーの枕をたんすの上にぶん投げた。

「で、でも、なんでしっぽを？」恐怖と憤怒と室温低下のせいで、歯の根も合わないウォルドーが尋ねた。

「おいおい、童謡の『ちっちゃなボー‐ピープ』を知らないのか？」バーティがくすっと笑う。「おれが演じてるのはそいつさ。いなくなった羊をほうぼうで探さないと、何の役だかわかってもらえないだろ。さてと、おねむでぐずらず、良い子でねんねしな。さもなきゃ承知しないぞ」

「あとはご想像に任せます」ウォルドーは母あてに長々と書き送った。「その晩の埋め合わせにどれだけ眠れたかは。ぼくは九時間続けて寝ないと具合が悪くなるのに」

反面、眠れなかった数時間はバーティ・ヴァン・ターンへの憤怒や憤慨で、いい呼吸運動に振り替えられたわけだが。

さて、ブロンズコート邸の朝食は「いつでもお好きなときに」の原則にのっとって自由だが、昼食には招待客全員が顔を揃える。ところが「演技コンテスト」開始翌日の昼食は明らかに数名足りなかった。例えばウォルドー・プラブリーは頭痛だという。それでたっぷりの朝食と『ABC列車時刻表』を持って行かせたが、部屋を出る気配はない。

「たぶん、なにかの役でしょ」ヴェラ・ダーモットが、「モリエールに『病は気から《ル・マラード・イマジネール》』って劇がなかった？　それじゃないかな」
八、九人が役柄リストを出して、そのヒントをさっそく記入した。
「クラマーシュタインさんたちは？」とブロンズ夫人がたずねた、「いつもは時間通りにおいでなのに」

「そっちはそっちで別途演技中でしょ」バーティ・ヴァン・ターンだ。「イスラエルの失われた十部族かな」

「だけど、三人だけでしょう。それにそろそろお昼食になさりたいはずよ。どなたかご存じない？」

「あなたの車で出かけなかった？」と、ブランチ・ボヴィールがシリル・スキャタリーに言った。

「ええ、朝食をすませてすぐに、スログベリー荒野へ車を出しました。ミス・ダーモットもご一緒でしたよ」

「あなたとヴェラがお戻りになるのは見たけど」と、ブロンズ夫人。「クラマーシュタインさんたちは見当たらなかったわよ。村へおろしてきたの？」

「いいえ」スキャタリーの返事はそれだけだった。

「でも、だったらどちらへ？　どこで別れたの？」

「スログベリー荒野です」ヴェラが平然と答えた。

「えっ、スログベリー荒野？　ちょっと、三十マイル以上も先じゃないの！　お戻りの足は？」

「わざわざ考えませんでした、そんなこと」これはスキャタリーだった。「車がエンストしちゃったという口実で、ちょっと降りてくださいねと声をかけ、置き去りにしてフルスピードで逃げたんです」

「だけど、よくまあそんなまねを！　人でなしにもほどがあるでしょ！　雪が降り出してもう一時間にはなるわよ」

「一、二マイルも歩けば、農家や納屋ぐらい見つかりますわよ」

「でも、いったいなんでそんな？」

と尋ねたら、異口同音に困りますと憤慨された。

「そこを言ったら、役のツボまでばらしてしまうじゃありませんか」とはヴェラの言い分だ。

「そうら、言わんこっちゃない」サー・ニコラスが、芝居がかった嘆きを妻に向けた。

「スペイン史関連です。その程度のヒントならいいや」スキャタリーがそう言うと、サラダを景気よく皿にとった。そこでバーティ・ヴァン・ターンがさもうれしそうに高笑いした。

「わかったぞ！　カトリック両王フェルディナントとイサベラのユダヤ人追放か！　うまいっ！　優勝はあの二人で決まりだね。そこまで役柄に徹してやられちゃ、とうてい太刀打ちできないよ」
ブロンズ夫人のクリスマスパーティは口コミや手紙や新聞で喧伝され、当の夫人の予想さえはるかに上回る大評判になった。ウォルドーの母がよこした何通もの手紙だけでも、忘れようにも忘れられない一件にはなっただろう。

（The Touch of Realism）

テリーザちゃん

バセット・ハロウクラフは四年の赴任を終えて、意気揚々と先祖代々の屋敷へ帰ってきた。まだ三十一歳だが、外地のぱっとしない辺境の片隅でずっとお国の役に立ってきた男だ。ある植民地を鎮圧し、交易ルートを開いて辺境国の王様多数の身代金に相当するみかじめ料を課し、そのすべてを本国で慈善団体を立ち上げるより低予算でやってのけた。ホワイトホールやその筋では明らかに受けがよく、せがれが次の叙勲名簿に載りそうだなどと父親が当てこむのもまんざら的外れではなかった。

　バセットは腹違いの兄ルーカスをわりあい見下しぎみだった。ルーカスはありったけの時間と労力を、しょうもなく凝った歌のメドレー作りにつぎこむような男だ。四年前も、もっと前の物心ついたころからずっとそうだった。実践本位の男がむやみに動くばかりの男を見下していたという次第だが、その点はおあいこだった。ルーカスは九歳上で、とうのたちかけたアスパラガスそっくりに栄養過多の赤黒い顔だが、もしかするとただの運動不足かもしれない。髪と額はてかてかに後退、他は全身どこもかしこもはっきり出しゃばりすぎている。ユダヤの血が一滴も入っていないのは絶対確実なのに、外見は不自然なほどのユダヤ人っぽさを醸《かも》し出していた。交友の大半を見知っていたクローヴィス・サングレールによれば、おおかた擬態の保護色だろうという。

バセットが戻って二日後の昼食、ルーカスは入ってきた時から興奮した小鳥よろしくはしゃいでさえずり、スープが出てきてもなかなか落ちつかず、ヴェルミチェッリをほおばる間だけ早口競争みたいなおしゃべりをやむなく中断した。

「ちょっと壮大なヒット計画あったためてんの」と、たわいないことを言った。「すんごい簡単だけど最高でさ」

バセットが放った短い笑いは、置き換えたければ鼻息でも十分通用した。腹違いの兄は「簡単だけど最高のヒット」と称するしょうもない案をしょっちゅう思いつく癖があり、いつまでたってもきりがない。で、いったん思いつくと、やたら大げさな電報をいくつも打ってロンドンへ飛び出していき、演劇か出版界にコネをつけて一度か二度ほど短い朝食会に同席するか、一晩か二晩は「ガンブライナス」酒場内外にあわただしく出入りしてから、アスパラガスの色をひとはけ濃くしてそこはかとないセレブ気取りでご帰館というのがいつもの流れだった。すごい名案はたいていそのままお蔵入りし、数週間後には、また別の名案に性懲りもなく大興奮する。「着替え中にひらめいてさあ」ルーカスが大げさに、「ミュージックホールの新作レヴューはこいつで決まり、全ロンドン熱狂だよ。サビんとこは対句ね。むろんそれっぽく肉づけするけど、そっちは適当だから。まあ聞いてよ」

テリーザちゃん　テリーザちゃん　シーザー君とお散歩だ
みんな一緒よ　フィドー、ジョック、それに大きなボルゾイも

調子がよくて元気をもらえるサビでしょ、で、ボルゾイんとこに大きなドラムをタンタンってつける。すっごい雰囲気出るよ。どんなふうにするかは、もう全部考えてあんの。最初の一連は歌手のソロね。んで、二連めでテリーザちゃん役の子が、木でこしらえた車輪つきの犬たちをひっぱって舞台を抜けてくでしょ。シーザー君はアイリッシュテリアかな、フィドーは黒のプードル、ジョックはフォックステリア、それにもちろんボルゾイはボルゾイね。三連めで今度はテリーザちゃん単独で上手《かみて》に登場、下手《しもて》は犬たちだけで出てくる。で、テリーザはいったん歌手に近づいて下手へひっこみ、犬たちは直進して途中ですれ違うの、これがいつでも効果抜群なんだ。そこでやんやの喝采になって第四連、テリーザちゃんは黒テンのコートで、犬たちにもコートを

着せてご登場。で、いよいよすごい名案の第五連なんだけど、上手からいまどきの若い男がそれぞれ犬を一匹ずつ連れ、下手からテリーザちゃんを出して途中ですれ違うの、これがいつでも効果抜群なんだ。で、テリーザが向き直って全員とりこにして一緒に退場。その間ずっと、みんな必死で歌ってんの。

テリーザちゃん　テリーザちゃん　シーザー君とお散歩だ
みんな一緒よ　フィドー、ジョック、それに大きなボルゾイも

で、ボルゾイの二音節をドラムがタンタン！　と締める。いやもう興奮しちゃってさあ、今夜は眠れそうにないよ。明日は十時十五分に出るからね。ヘルマノヴァにはもう電報打ったんだ、一緒に昼を食べようって」

それ以外にも「テリーザちゃん」の名案にわくわくした家族がいたとすれば、ずいぶんうまく隠しおおせたものだ。

「ルーカスめ、哀れなやつだ。あんなしょうもないものに血道を上げおって」と、あとからハロウクラフ大佐が喫煙室でもらした。

「ああ」弟はわずかに癇《かん》を立て、「どうせ一日二日したら元に戻ってこうだろ、『なにしろ衝撃

の名作だからさ、大衆の頭じゃついていけないよ』。で、三週間もたてばロバート・ヘリックか同程度に有望な詩人の作品を戯曲化するって大騒ぎするのがいつものオチだね」

が、その後の展開はいつもと違った。先例をことごとく裏切り、続けざまに起きた事態がルーカスの燃える野望を正当化して支えた。かりに大衆の頭が「テリーザちゃん」についていけなくても、その高いレベルに果敢に合わせてきた。新作レヴューの中だるみにほんのお試しで投入してみたら、はっきり大受けしたのだ。万雷のカーテンコールはいつまでも鳴りやまず、ルーカスがたっぷり用意しておいた追加ナンバーをありったけ出してもアンコールをこなしきれなかった。いくつもの劇場が連日連夜の大入り満員で初演の反応を裏づけ、開演までにボックス席も、かぶりつきの一等席も目をみはるほどの速さで満員御礼になり、最後のアンコールがすんだとたんに、これまた目をみはるほどの速さでいなくなる。「テリーザちゃん」こそ最高の女だと劇場支配人は涙ながらに認めた。裏方もチョイ役もプログラム売り子もためらわずに、そうだよねと認め合った。本体のレヴューは二の次に格下げされ、かわって「テリーザちゃん」がでかでかとブルーネオンの文字で大劇場の正面を飾った。そしてもちろん、あの名高いサビが全ロンドンを魔法にかけた。レストランのお抱えオーケストラには、リクエスト多数につき外せない曲目の効果用小道具として車輪つき木製犬がいそいそと出され、客席テーブルにボトルやフォークを打ちつけた唱和があまりにそうぞうしくて、どれだけドラムやシンバルが頑張っても「ボルゾイ」部分がいつもかき消されてしまう。時と場所によらず、サビの要所はだれでもドンドン！　と二度鳴らさずにはいられないし、へべれけでご帰館の酔っぱらいが玄関をドンドンやるのも、朝の牛乳配達が配達分を置くのもおなじみのあのリズム、古参のお使い小僧が格下に往復ビンタをかますのも同じリズムだった。もっと頭のいいロンドンの別集団も、人気メロディの魅力と重要性に知らん顔をしていたわけではない。さる開明派の牧師が「テリーザちゃん」の霊的意味を説教したし、ルーカス・ハロウクラフは勤勉青少年連盟、名だたる会員制紳士クラブなどの教養ある人々や、学ぶ気まんまんの団体に招かれて、この大きな業績について講演した。社交界でも、真剣な話題はもっぱらそれだけとみえて、並みの教育を受けた中年以上の男女が隅でまじめに論じ合うことといったら、セルビアがアドリア問題の突破口になるかとか、国際ポロ競技会で英国が優勝する可能性とかではなく、テリーザちゃんの原型モチーフははたしてアステカ起源か、はたまたナイル文明由来かという、もっと夢中になれる話題であった。

「政治や愛国ネタなんて、退屈で時代遅れよ」ご意見番を自負する名流婦人は述べた。「今を生きるわたくしたちは、そんなものに本気で踊らされるほど島国根性じゃありませんからね、もっとコスモポリタンなの。だから『テリーザちゃん』みたいな知的作品が受けるのよ、違いがわかる人には真のメッセージですもの。もちろん一度でわかるほど底が浅くないけど、問題の所在は初めから感じとれるでしょ。わたくしはもう十八回通い、明日も行って、木曜にもまた行きますけど。わかる人には、いくら通いつめても飽きないわ」

「あのハロウクラフってやつをナイトか何かに叙勲してやれば、大衆の人気取りによさそうだ」と首相が胸算用する。

「どのハロウクラフでしょうか」秘書官が言った。

「どの？　ひとりしかおらんだろ？『テリーザちゃん』に決まっとる。やつのナイト叙勲は異論の余地なく民意にかなうんじゃないか。よし、決めた。確定リストに入れといてくれ——L枠の」

「L枠でございますか」なにぶん、まだ仕事慣れしていない秘書だったので、おうかがいを立てた。「自由党の主義（Liberalism）でしょうか、それとも高額寄付（liberality）でしょうか？」

首相好みの叙勲対象者は、大半がその両方を兼ねるとされる。

「文芸枠（literature）だ」

ま、そんなわけで、息子を叙勲名簿に載せたいというハロウクラフ大佐の願いは、曲がりなりにも叶えられたのであった。


（Cousin Teresa）

ヤルカンド方式

サー・ラルワース・クウェインは、メキシコから帰国まもない甥とのんびり動物園を歩いていた。甥は北米と欧州に分かれた同属種の比較対照に関心がある。

「種の移動でなにに驚かされるって、さしたる理由もなく、一箇所に定住した動物のコミュニティがいきなり移動の衝動にかられる場合が再々出てきますよね」

「人間にも同じ現象がまaあるぞ」とサー・ラルワース。「おまえがメキシコの荒野へ行った間に本国で起きた事件なんか、まあ、その最たるものかな。そら、ロンドンの新聞数社の経営および編集陣が、にわかな放浪熱にやられた話だよ。発端は、ロンドンの最先端を行く某週刊紙の編集部全員が、セーヌ両岸とモンマルトルの丘へ逃げ出した。そっちは短期間ですんだものの、それを皮切りに報道業界がせわしなく移動をし始め、輪転機を回すから〝発行部数〟の意味だった

〝サーキュレーション〟に新たな〝巡回〟の意味までついてしまった。他社もたちまち右へならえで、近すぎるパリはじきにすたれ、かわって脚光を浴びたニュルンベルクやセビージャやテッサロニキへ週刊紙ばかりか日刊紙まで移ってきた。いつも移住先と好相性とは限らなかったな。さる福音主義運動の機関紙がトゥールヴィルとモンテ・カルロ（ともにカジノで名高い行楽地）でそれぞれ二週分ずつ発行したが、これなどは世間的には失敗だったね。とりわけ山っけ横溢《おういつ》の主筆が部下全員を連れてさらに遠方へ向かえば、まあ多少の鉢合わせは避けられん。たとえば『スキュテイター』『はったりスポーツ』『乙女主報』が同じ週にハルツームに居合わせたことがあるよ。あとは自由主義の牙城とされた『日日情報局』紙が、おそらく他社の追随を許さないつもりでフリート街から三、四週ほど、もちろん往復の移動時間込みで東トルキスタンへ移住した。移住騒動最大の椿事は、いろんな面でこの件ではないかな。しかもこの新聞社はいっさいズルをせず、社主・上級役員・主筆・主筆補佐・論説委員・番記者の主要メンバーがこぞって移ったから、世間じゃもっぱら、〝東方への衝動《ドランク・ナーハ・オステン》〟などと揶揄《やゆ》されておったよ。からになった編集室には、なにかと心きいたボーイひとりが居残っていた」

「そこまでやるかな？」と甥が言った。

「まあ、気乗りせんのに半端にやる社がたまに出たせいで、移住もしだいに風当たりがきつくなってはいた。なにがし新聞社はリスボンだかインスブルックにおりますと聞いておるのに、社説主幹やら美術主任なんかが行きつけのレストランでいつものように飯を食っておったら、なあんだと思うじゃないか。そんな中で『日日情報局』はごまかしや抜け道一切なしで完全移住を決行、長期外遊中も原稿輸送や定期コラム連載を円滑に回していたから、そこはある程度認めてやらんと。アゼルバイジャン・バクー発の連載『駱駝《らくだ》産業に及ぼしうるコブデン主義』は自由貿易関連記事では近年出色だったし、『ヤルカンド（新疆西南部。崑崙山脈北麓に位置する）の屋根から』と題した対外政策時評は官庁街一マイル圏内同然の精度で国際情勢を把握していた。しかも帰国にあたっては古き良き英国ジャーナリズムの伝統にのっとり、ほらも、スタンドプレーも、仰々しいインタビューも排除、海運クラブ歓迎昼食会さえ鄭重にご辞退ときた。帰国組はそろいもそろって徹底した出嫌いになり、実にどうも鼻につくほどだったよ。植字主任や広告担当などの裏方はもちろん移動しなかったが、帰国した主筆以下に顔を合わせる機会は中央アジア駐在時と変わらなかった。超過勤務でご機嫌斜めなあの居残りボーイだけが編集首脳部と営業部門の橋渡し役をつとめ、皮肉をこめてその新隔離主義を〝ヤルカンド方式〟だと説明した。どうやら主幹級までの記者を帰国後あらかた首にして、書面採用で入れたらしい後釜は主筆にも同僚にも会わずじまい、指示はタイプ打ちのそっけない伝言で届く。移住前の、わさわさした中にも風通しよく人間味のある社風はどこへやら、チベット密教もかくやの秘密主義がはばをきかせ、遍歴組に会おうとすればだれでも同じように憂き目をみた。二十世紀ロンドンの花とうたわれた名流婦人主催のパーティ招待にさえ返事がないんだ、豚に真珠だよ。遍歴隠者どもは国王の命令でもないと出てきそうにない。しまいに高地や東洋の空気はゆとりがありすぎて、不慣れな者の頭や心によくないなどという意見まで出る始末だ。ヤルカンド方式の受けはあまりよくなかった」

「で、新方式は記事内容にも響いたんですか?」

「ああ!」サー・ラルワースが応じる。「そこから、話はがぜん面白くなる。国内面・社会面ほかの通常ニュースはあまり変わりばえしなかった。東洋特有の大ざっぱ気質が編集部に浸透したらしく、かなりきつい旅のあとでは無理もないが、どことなく疲れをひきずった感じなんだ。だから以前の水準は維持しきれないが、政見一般の立脚点はどのみち変わっておらん。それより、ぎょっとするほど変貌を遂げたのは対外分野だよ。まあ歯に衣《きぬ》きせずにずけずけよく言うなあという書きぶりで角《かど》を立てたものだから、列強六ヶ国の秋期演習があわや動員寸前までいった。『日日情報局』が東洋移住でなにを学んだか知らんが、オブラートにくるむ外交術が含まれていなかったのはたしかだ。そんなところが大衆に受けて未曾有の部数を伸ばしたものの、当局の見解はまた違う。これまではかなり無口で通っていた外務卿が、『日日情報局』の見出しをムキになって否定し続けていたら自然とおしゃべりになってしまってな。ある日、ついに政府は断乎たる対処を決めて腰を上げ、首相、外務卿、財界四巨頭、非国教派の有名牧師という顔ぶれでくだんの新聞社へ出向いた。すると、びくつきながらもあくまで抵抗姿勢のボーイが編集部の戸口でがんばっている。

『主筆も記者もお目にかかれません』と言い切った。

『主筆なり責任者に会わずにはおかん』首相の言葉で全員押し通ったが、ボーイの言う通りだった。誰もおらず、したがって会えない。脇部屋まで、どれもこれもすべて無人なんだ。

『主筆は？　海外主幹は？　論説委員は？　他にいないのか？』

ボーイは矢継ぎ早に質問を浴びせられ、鍵つきのひきだしにしまってあった風変わりな形の封筒を一通出した。消印はウズベクのコーカンド、七、八ヶ月前の日付になっている。中身は紙切れ一枚、文面はこうだ。

『帰途、土匪《どひ》部族に全員囚わる。身代金要求額は二十五万ポンドながら、値引き可能性なきにしもあらず。政府、親類、友人に一報されたし』

あとは主要メンバーの署名、それに身代金受け渡し手段場所の指示だ。

手紙の宛先はあの居残りボーイで、そのまま握りつぶされていた。名経営者も名記者もボーイの目には偉くもなんともなく、どうやら外地でふらふらしてる連中を戻すのとひきかえに二十五万ポンドも出すのはいかがなものかと考えたらしい。そこで主筆以下記者全員の給料を引き出して必要に応じて署名を偽造、後釜を採用し、編集雑務はなるべく自分ひとりでこなし、緊急対応用にたっぷり備蓄してあった囲み記事を最大限に活用した。ただし外交関連記事だけはすべて一から自分で書いた。

もちろん可能な限り、すべて内々裡に処理されたよ。守秘義務つきで臨時記者を採用して発行を続けるかたわら、解放を待ちこがれる捕虜諸君をたずねあてて身代金を払い、二、三人ずつこっそり帰国させて原状回復をはかった。外交面もおいおいに、いつもの論調に戻っていったよ」

「でも」甥が口をはさんだ。「何ヶ月も姿を消していて、身内がよくまあ騒ぎませんでしたね。そのボーイはなんと――」

「それぞれ」サー・ラルワースが「とくに秀逸だったね。ボーイは行方不明者の妻なり近親へ手紙を回送してやっていた。本人の筆跡になるべく似せた代筆手紙に、粗悪なペンやらインクのせいにした言い訳までつけて。で、どの手紙も地名だけ違うが、あとの内容はそっくり同じでな、一団の中で自分だけは自由気ままな東洋暮らしになじんでしまって帰るに帰れず、もう数ヶ月ばかり、お気に入りの地方をぶらついてくると書いてあった。ふらふら亭主をすぐさま追っかけた女房多数、おかげで政府はだいぶ手間暇かけてアム－ダリヤ河畔やゴビ砂漠、ウラルのオレンブルク平原などの辺境から回収してきた。それでもいまだに、チグリス渓谷で行方不明の女がいるはずだ」

「で、そのボーイは?」

「まだ新聞業界にいるよ」

（The Yarkand Manner）

ビザンチン風オムレツ

ソフィー・チャテル＝モンクハイムは社会主義の信奉者だが、結婚してチャテル＝モンクハイム家の人となった。金持ちぞろいの一族でも、連れ合いのチャテル＝モンクハイムは裕福な部類だ。ソフィーは富の配分についてはずいぶんとんがった考えの持ち主だったが、自分にも金があるのは嬉しい幸運ととらえていた。だからサロンやフェビアン協会の集まりでは資本主義の害悪をさんざんやっつけながらも、不平等で非道な制度であれ、自分の目の黒いうちはおそらく安泰だろうと、内心のどこかでたかをくくっていた。中年すぎた社会改革者としては、この先どんないい世の中になると熱く語ろうが、実現するとしたって自分の死後だと思えば少しは気休めになる。

さる春の晩餐に近づく夕刻、ソフィーは鏡と小間使いにはさまれておとなしく座り、凝った最新へアスタイルを自分の髪にそっくり写してもらっていた。さんざん骨折って辛抱を重ねた末に、望み通りの結末を手にした人ならではの大いなる充足感が部屋のいたるところにみちている。かのシリア公爵が招待をお受けくださり、今の今もご滞在中でじきに晩餐席へお出ましになる。まともな社会主義者としては階級差別はよくないし、王侯なんて、とも思うが、そんな人為による身分序列が現にあるからには、とびきりやんごとない標本を自邸のお泊まりパーティにぜひとも加えたいところだ。自分は心が広いから罪を憎んで人を憎まず――あまり付き合いのないシリア公爵個人にはさほど情もないが、それでもそんなお肩書が自邸においでになるのは大歓迎だった。理由は説明できないが誰からも説明を求められはしないし、たいていの屋敷からはうらやましがられている。

「今夜はとりわけ上手にね、リチャードソン」と、ごきげんで小間使いに声をかける。「なるべくすてきに見えなくちゃ。うちじゅう、みんなで全力以上を出しておもてなしするのよ」

小間使いは無言だが、目と手さばきの集中ぶりをみれば、どうやら全力以上を本気で出しにかかっているようだ。

そこへノックがあった。静かだが無視できない、きっちりした叩き方だ。

「見てきて」とソフィーが、「ワインの件かもしれないわ」

リチャードソンはドアの陰にいる誰かとあわただしくやりとりし、戻ってきたら、さきほどまでの意欲は露骨に萎《な》えていた。

「なにかしら?」とソフィーが尋ねた。

「全使用人が〝職場放棄〟いたしました」

「職場放棄!」ソフィーが声を上げた。「つまり、ストってこと?」

「はい、奥様」リチャードソンが補足して、「ガスパールの件を問題にしております」

「ガスパール?」ソフィーはいぶかった。「ああ、臨時シェフの! あのオムレツ名人ね!」

「はい、奥様。オムレツ専門料理人の前職は従僕でして、グリムフォード卿のお屋敷で二年前にあった大規模ストで約定破りの抜けがけをした者たちの仲間です。ですからガスパールと雇用契約を結ばれたと伺うや、こちらの使用人一同はさっそく抗議の〝職場放棄〟を決めました。奥さまご自身に不平はございませんが、あくまでガスパールの即時解雇を要求しております」

「でも」ソフィーが押し返した。「ビザンチン風オムレツの作り方を知っている人、英国では他にいないでしょう。シリア公のおいでのためにわざわざ雇ったのに、急にかわりを見つけろなんて無理よ。パリまで使いを出さなきゃ見つからないし、シリア公はあれが大好物でいらっしゃるの。駅からここまでご案内する時も、ずっとその話ばかりしていらしたのに」

「グリムフォード邸で約定破りの抜けがけをした者でございます」リチャードソンは繰り返した。

「こんなのひどいわよ。シリア公がお泊まり中のこんな時に限って使用人のストなんて。すぐ何とかしなくちゃ。さ、髪を急いで。なんとか考え直すよう、話をつけに行ってくるわ」

「できません、奥様」リチャードソンは物静かだが、てこでも譲らなかった。「わたくしも組合員ですので、ストが終結するまでは、たとえ三十秒でも余分に手を動かすわけにはいかない。あいにくですがご意向には添えません」

「でも、ひどすぎるわ、そんなの！」ソフィーはこの世の終わりみたいな声になった。「これまでずっと申し分ない女主人で、組合の人だけを雇ってきたでしょ、あげくにこの仕打ちなの。ひとりじゃ結えないわ、やり方を知らないのに。どうしろと？　悪質な！」

「おっしゃる通り、悪質です」とリチャードソン。「わたくしは昔ながらの保守党ですので、僭越ながらこんな社会主義者のばか騒ぎにはがまんできません。横暴ですよ、一から十までひどい話です。でも、他人様と同じにやはり生活がございますので、組合に入らないとも申せませんし、たとえお給料を倍にしてやるとおっしゃろうと、組合の許可なしではピン一本いじれません」

ドアが手荒に開いて、キャスリーン・マルソムがすごい剣幕で入ってきた。

「なんなの、ここんちは」金切り声で、「使用人の不意討ちストを食らって、こんな姿で放り出されたわ！　この髪で人前へ出られるわけないでしょ！」

あたふた盗み見れば、確かにごもっともだ。

「全員やってるの？」自分の小間使いに尋ねた。

「厨房は外れました、組合が別ですので」

「じゃあ、晩餐は大丈夫ね。それだけでも助かるわ」とソフィー。

「晩餐ですって！」キャスリーンがフンと鼻であしらう。「お客がみんな出られないのよ、そんな晩餐がなんなの？　見てよ、ご自分のその髪――わたくしの髪も！　いやだわ、やっぱり見ないで」

「小間使いがいないと髪に困るぐらいわかってるわよ。ご主人に手伝ってもらえない？」ソフィーが捨て鉢に言う。

「ヘンリー？　目下はいちばんの泥沼よ、どこへでも持っていくと言い張るあの新機軸のばかばかしいトルコ風呂のせいでね。ちゃんと操作できるのは、あの人の従僕だけなんだもの」

「ひと晩くらい入らなくたって、べつにどうってことないでしょ。ちゃんとした場に出ようと思ったら髪は外せないけど、トルコ風呂なんかどっちだっていいんだから」

「ちょっとあなた、なに言ってんの」キャスリーンは震え上がって、「トルコ風呂のさいちゅうにストが始まったの、わかる？　まだ、あの中なのよ」

「出られないの？」

「開け方がわからないのよ。〝出〟のレバーをいくら引いても熱い蒸気が出てくるだけ。蒸気には適温と高温の二通りあるんだけど、もう両方ともあけちゃったわ。今ごろはもう、わたくしを置いて逝ってしまったかも」

「ガスパールを解雇なんてむりよ」ソフィーがべそをかく。「オムレツ名人の後釜なんて絶対見つからないのに」

「で、わたくしが夫の後釜探しに四苦八苦しようが、むろん誰かさんにはどうでもいい話なのよね」キャスリーンは手厳しい。

ソフィーは折れた。「ほら」とリチャードソンに、「ストライキ委員会だか、だれでもいいから指示している者たちに伝えてきなさい。ガスパールはすぐ辞めさせるわ、それと本人にすぐ書斎へ来るよう伝えて。契約通りの報酬を払い、なるべく角《かど》を立てずにうまくはからうわ。すみしだい、すぐ戻って髪を仕上げてちょうだい」

ソフィーの采配でおよそ三十分後の大広間にお客一同並び、おごそかに食堂へ入る準備が整った。完熟ラズベリー色に染まったヘンリー・マルソムは素人芝居の登場人物にままある顔だが、なんとか命の危機を脱したなごりはそれくらいだ。ただし、なにぶんひどい緊迫感を味わったせいで、気分的にはまだ多少ひきずっていた。ソフィーは貴人にとりとめなく話しかけながら、ともすればひっきりなしに大きなドアに目をやり、じきに晩餐の知らせとともに場が救われるのを待った。たまにこっそり鏡を見て、大嵐をしのいでぶじ入港する船へ海上保険業者が向けるような目つきで見事な結いかげんを確かめる。やがてドアが開き、執事がようやく出てきた。が、声を張って晩餐を知らせるかわりにドアを閉めると、内々でソフィーにこう告げた。

「晩餐はできかねます、奥様」重々しく伝える。「厨房の〝職場放棄〟です。ガスパールは厨房組合所属ですので、即時解雇が伝わったとたんに全員ストに入りました。即時復職および組合への謝罪を要求しております。ついでながら交渉の余地はなく、強硬な申し入れにつき、テーブルにお出ししたロールパンまでやむなく回収いたしました」

十八ヶ月たつと、ソフィー・チャテル‐モンクハイムはぼちぼち元のつきあいを再開したが、容態はいぜん予断を許さない。サロンやフェビアン協会の集まりなど、神経のたかぶりそうな場はかかりつけの医者たちに止められているし、そもそも行く気があるかどうかも実のところ疑わしい。

（The Byzantine Omelette）

復讐《ネメシス》記念日

「ヴァレンタイン・デーが下火になってくれてよかった」とミセス・サッケンベリーが、「それでなくても節目のお祝いなら、クリスマスに新年に復活祭に各自の誕生日でしょ、十分すぎるくらい間に合ってるわ。お友達へのクリスマスプレゼントもお花ですませようとしたんだけど、なかなかねえ。ガートルードのお宅は温室十一棟に庭師がざっと三十人で、花なんかあげたら笑われてしまうし、ミリーは花屋を開きたてだからやっぱりまずいわ。プレゼント問題はうまくすんだはずなのにガートルードとミリーだけ急遽考えるはめになって、クリスマス気分どころじゃなかったわよ。あとのお礼状書きもうんざりね、おんなじ文面ばっかり。『すてきなお花を本当にありがとうございました。お気遣い恐れ入ります』。もちろん、たいていの人にはお気遣いなんてしてないのよ。ふだんから〝忘れてはいけない人〟の名前リストを作ってあるから。記憶頼みにすると、あらっと思うような抜けをちょいちょいやらかすでしょう」

「困るのはね」クローヴィスが伯母に、「そういった鬱陶《うっとう》しい記念日はどれも人間性の片面だけをやたらしつこく追求して、裏面をばっさり切り捨てちゃう。だから、わざとらしい上すべりになるんですよ。クリスマスから年末年始はいらん因習についあおられて、どたんばで頭数が合わないとかでないと昼食にだって呼びたくないやつに、場当たり的善意と低姿勢の感傷だだ洩れ手紙を出し、おおみそかの晩のレストランでは、顔も知らないしこれっきりにしたい連中と手をつないで『蛍の光』を歌っても許される。なのに、人間性の裏面に対しては市民権ゼロです」

「裏面ねえ。どんな?」と、ミセス・サッケンベリー。

「純然たる嫌悪の念を、きっちりおもてに出す機会がないでしょ。そこが現代社会の急務ですよ。考えてもみてくださいよ、つもりつもった日頃の恨みを在庫一掃する〝嫌い認定日〟が制定されたらどんなに楽しいか。その日ばかりは大事に大事にあたためてきた〝外せない嫌いリスト〟に報復をじかにぶつけてもよくなります。そういえば私立校にいたころ、たしか学期末の最終月曜だったはずですが、それまでの恨みを晴らす日というのがちゃんと決まっていました。もちろん当時は真価がわかりませんでしたけど。だって、やろうと思えばいつでもやれたんですからね。とはいえそういう日ができれば、数週間前に生意気な下級生をぶんなぐってやったにせよ、またヤキを入れ直してやってもいいわけでしょ。フランスではそういうのを〝犯罪の再構成〟と申します」

「わたくしに言わせれば〝処罰の再構成〟ね。やっぱりまずいんじゃないの、そんな学童じみた蛮行を、礼節ある大人社会に持ち込むのは。おとなだってそれなりの悪感情から卒業しきれていないけど、そこは厳密なマナーにのっとった線引きが当たり前なんだから」

「もちろん、マナーの範囲内でこっそりは必須です。ほかの儀礼と違って、断じて上っ面ですませない点に妙味があるわけで。たとえば、伯母さまがご自分にこうおっしゃるとしましょうか。『ウェブリーさんたちにクリスマスのご挨拶をしなくては。うちのパーティがボーンマスでお世話になったから』で、カレンダーをお送りになるでしょ、すると男ウェブリーが女ウェブリーに、クリスマス後の六日連続でカレンダーのお礼状は出したのかと訊くわけです。さて、そんな流儀をもっと人間的な裏面へ移せばどうなるか。『次の木曜はネメシス記念日ね。うちのピンヤンちゃんに末っ子を噛まれたとばかみたいに大騒ぎした、あの嫌ったらしいお隣の連中をどうしてくれようか』いよいよ当日になると、えげつなく早起きして塀を越えてお隣の庭へ入りこみ、丈夫な熊手でテニスコートを掘り返してトリュフ狩り、もちろん月桂樹の茂みに隠れた死角を狙います。トリュフは採れなくても胸は晴れ晴れ、贈答なんかじゃ、この気分は絶対味わえませんよ」

「いけません」と、ミセス・サッケンベリーは行きがかり上たしなめたものの、どことなく無理のある口ぶりだ。「良心がとがめるじゃないの。虫けら同然だわ、そんなまね」

「制限時間内にそれだけ掘り返す作業をこなせるなんて、虫けらの能力を買いかぶりすぎですよ」クローヴィスに言われた。「ためしに手によくなじんだ熊手で十分間頑張ってごらんになったら。むしろ非凡なもぐらか穴熊の仕事って感じがなきゃおかしいです」

「わたくしがやったと思われそうよ」

「当然ですよ」とクローヴィス。「でなかったらお楽しみが半減しちゃうでしょ、クリスマスカードやプレゼントの中身を、送り先に教えたがるようなものです。ややなやつと上辺だけ仲がよければ、もちろん仕事はずっと楽ですね。たとえば、あの食いしん坊のアグネス・ブレークは食べものしか頭にないですからね、鬱蒼《うつそう》たる森のピクニックにでも誘ってお弁当の直前にわざと迷子にし、ようやく見つかるころにはもう全部平らげてしまったあとだったとか」

「アグネス・ブレークをお弁当前に迷子にするなんて、人間離れした策でもないと無理だわ。そもそもできるかどうか」

「だったら嫌なやつをひとまとめにピクニックに招いて、お弁当を迷子にしちゃうとか。うっかり、あさっての方角へ持って行かせてしまったという話にすればいい」

「ひどいピクニックもあったものねえ」伯母は言った。

「お客はね、でも伯母さまは違います」と、クローヴィス。「あらかじめ、出る前に早いお昼をがっつり召し上がるわけですし、行方不明の豪勢なお弁当メニューを細かくあげればさらに一興です——ロブスター・ニューバーグのエッグ・マヨネーズ添え、カレーはこんろ付きビュッフェ皿であつあつをお出しする予定でした、云々と。そうなればワインリストのはるか手前でアグネス・ブレークはきっと妄想どっぷりですね。さんざん待ちぼうけを食らったあげくに弁当出現を断念するまでうまくなだめて、とんだ面の皮ついでにばかなゲームをさせるのもありです。ほら〝ロンドン市長晩餐会ごっこ〟みたいなアホなやつ。めいめい料理をひとつ決めて、料理名を呼ばれた人が食べるまねかなんかするでしょ。その料理も入れてたんですのよ、なんて聞かされたひにには泣き崩れるかもしれませんんよ。最高のピクニックじゃないですか」

ミセス・サッケンベリーはしばらく無言だった。どうやらグロスター公名物空弁《からべん》ピクニック（エリザベス朝の貧乏郷士が食事時になると空腹を抱えてグロスター公ハンフリーの墓地で時間を潰したという故事による）への脳内招待リスト作成中らしい。やがて、こう尋ねた。「で、常日頃から健康オタクで鼻つまみ者の、ウォルドー・プラブリーってあの若造だけど——なにをどうしてやれそうかは考えてみたことある？」明らかに、ネメシス記念日の可能性に気づきはじめたもようだ。

「ネメシス記念日が普及すれば」とクローヴィス。「ウォルドーは引く手あまたの人気者、数週間前から予約しないと間に合いませんし、それでも東風が立ったとか雲がひとつふたつ出たとたんに大事をとって外出を嫌がるんじゃないかな。むしろ、あそこんちの果樹園で、毎夏スズメバチが巣をかける付近へハンモックを吊らせたほうが楽しいですよ。うららかな午後に快適なハンモックでのんびりするのは、怠惰なあいつの好みにぴったりです。で、うたた寝を始めたら耐風マッチをつけて巣へ投げこめば、怒ったスズメバチの大群はまもなくウォルドーの肥満体に〝新天地〟を見出しますよ。すばやくおりようったって、ハンモックではなかなか思うようにいきませんからね」

「刺されたら死ぬかもしれないじゃない」ミセス・サッケンベリーが物言いをつけた。

「ウォルドーは死なきゃ直らない手合いですから」と、クローヴィスが返す。「ですが、そこまでお望みでないなら、手近に濡れた麦わらを用意して、巣へマッチを放りこむと同時にハンモックの下でそいつを燃せばいい。スズメバチはくすぶる煙にさえぎられ、ぜがひでも刺してやろうという剛の者しかたどりつけなくなりますので、煙の中にとどまっていればウォルドーの命は助かります。ようやく母親の元へ戻るころには全身燻製の腫れだらけでも、顔の見分けがつく程度には無事でしょう」

「そうなったら、あの母親に一生恨まれるわね」

「クリスマスカードの手間は一枚分減りますけどね」


(The Feast of Nemesis)

夢みる人

バーゲンの季節だ。堂々たる店構えのワルプルギス・アンド・ネトルピンク百貨店も、業界の慣行でセール期間をまる七日設けた。近隣に流行中という薄弱な根拠で、大公女殿下が心外にもインフルエンザに感染なさったという感じだ。気位の高いアデーラ・チェンピングはそんじょそこらのバーゲンには釣られもしないが、ワルプルギス・アンド・ネトルピンクの一週間にだけは必ず顔を出す。

「バーゲンあさりは趣味じゃないけど、バーゲン会場へ行くのは好きよ」が言い分である。

言葉面はさもしっかりしているようでいて、ひと皮めくると人並みの弱さを秘めた物言いだ。男手が要るとみたミセス・チェンピングは最年少の甥にバーゲン遠征初日の同行を頼み、お駄賃に映画と軽食を上乗せした。シプリアンがまだ十八歳にならない今のうちなら、成人以上の男が忌み嫌う荷物持ちをさほど嫌がらないかなと内心思っている。

「園芸用品コーナーの外で待ち合わせましょう」と手紙に書いてやった。「十一時ぴったりにきてね、一分でも遅れないように」

シプリアンは子供のころから夢見がちな人特有の不思議そうな目をしていた。常人に見えないものを見、凡人の考えつかない考えを読みとる――詩人、あるいは不動産業者の目だ。身なりは地味――思春期初めの若者によくある地味な、母親が未亡人のせいでなどと小説家が描写しがちな好みの服装だった。波打つ髪を幅広昆布のようにまとめて後ろへなでつけ、分け目などおしるしばかりで目立たない。指定した場所で落ち合い、さっそく伯母の目についたのはこの髪型だった。甥が帽子をかぶっていなかったからだ。

「おまえ、帽子は?」と尋ねた。

「うちに置いてきました」が答えだ。

アデーラ・チェンピングはちょっと心外に思った。

「まさか〝いまどき君《ナッツ》〟の若造になる気じゃないでしょうね?」やや心配になって問いただした。吹けば飛ぶような妹の家ごときの息子がぶらぶらと〝いまどき君〟なんて分不相応だという思いもさることながら、そうなら大人でなくても荷物持ちを嫌がりはしまいかという、とっさの不安もあったかもしれない。

シプリアンは独特の不思議そうな夢見る目を向けた。

「帽子を置いてきたのは、買物の邪魔になるからですよ。両手いっぱいに荷物を提げている時に知ってる人に会えば、いやでも帽子を取らなくちゃいけないでしょ。帽子がなければすむ話です」

最悪の事態を回避できて、ミセス・チェンピングはやれやれと安心した。

「帽子があるほうが、ちゃんとしてはいるけど」と釘を刺してから、てきぱきと本題に向かう。「最初にテーブルリネンのカウンター売場ね」甥を従えてそちらへ行く。「ナフキンを見たいの」

伯母についていくシプリアンの目がいちだんと不思議そうになった。一応、見物人の役が大好きという年頃ではあるが、買う気もないのにナフキン見物なんてわけがわからない。ミセス・チェンピングはナフキンを一、二枚光に当てて、隠しインクで革命派の暗号でも書いてあるみたいに真剣に透かし見ると、唐突にそこを離れてガラス食器の陳列売場をめざした。

「ミリセントがね、本当にお買い得ならついでにデカンタを二つお願いって」と、向かう途中で説明した。「うちにもサラダボウルを一個買わないと。ナフキンはあとでいいわ」

デカンタとサラダボウルをしこたま物色した末に、結局買ったのは菊用ガラス花瓶七本だった。

「最近は誰もこういう花瓶を使わないの」シプリアンに言う。「でも、今度のクリスマスプレゼントに使えるわ」

そこで、ばか安の日傘が二本ほどミセス・チェンピングの目に止まり、追加でお買い上げとなった。

「一本はルース・コルソン用ね、もうじきマレー植民地へ行くし、日傘ならあっちでいつでも役に立つでしょう。それに、薄手の便箋も見つけてあげなくちゃ。そういうのならかさばらずに荷造りできるし」

ミセス・チェンピングは便箋数セットをまとめ買いした。お値打ち価格だし、トランクや旅行かばんに詰めても全然場所をとらない。あわせて封筒も数枚——どういうわけか、封筒の方が便箋よりずいぶん高めの価格設定のようだ。

「ルースには、ブルーとグレーのどっちがいいかしらね？」シプリアンに尋ねた。

「グレーですね」と言いつつ、ご当人には一度も会ったことがない。

「この色違いで藤色はない？」アデーラは店員にたずねた。

「藤色はございませんが、グリーンでしたら二色、あとは濃いめのグレーがございます」

ミセス・チェンピングはグリーン二種類と濃いグレーを穴があくほど見て、ブルーにした。

「さ、これでもうお昼にしてもいいわ」

シプリアンは軽食コーナーで申し分なくふるまい、二時間の買物三昧につきあった体力消耗の見返りに、小カップのコーヒーとともにフィッシュケーキとミンスパイをうれしそうに食べた。ただし、帽子売場で、思わず手が出るようなお得価格になっていた紳士帽を買ってあげようかと言われても、いりませんの一言で押し通した。

「帽子なら、たくさん持ってます。試着したら髪がぐしゃぐしゃになるし」

もしかしたらやっぱりこの子、いまどき君が行く末かという気がする。荷物を全部クロークへ預けたのもよくない兆候だ。

「これからまだまだ増えますよね。だったら最後まで持って回らなくてもいいでしょ」

伯母はうろんな顔で聞き入れたが、しじゅう身近に置いていないと買物遠征の醍醐味がいくぶん目減りしたような気がする。

「さっきのナフキンをもっぺん見てくるわね」と一階へおりながら、「こなくていいわよ」そう言われた夢見る目に無言の反感が浮かぶのを見て、「あとでね、カトラリー売場で落ち合いましょう。いま思い出したんだけど、まともなワイン用コルクスクリューの手持ちが一本もないんだった」

しばらくして伯母がカトラリー売場へきても甥の姿はなかったのだが、熱心な客と気ぜわしい店員でごった返しているさなかでは、あっさりまぎれてしまうのも仕方がない。十五分ほどして革製品売場にいたのを見つけたが、両者の間に旅行かばんやトランクの山が立ちはだかり、大きな百貨店のすみずみまで押すな押すなの人でごった返している。見れば折しも、無帽のシプリアンを目当てに人ごみをかきわけて押し通ってきた婦人客が、まあ無理もないとはいえかなり恥ずかしい勘違いをやらかし、気に入ったバッグの値引き価格をせっかちに問い詰めていた。

「ほうらね」おのずと声に出てしまった。「帽子がないもんだから、店員だと思われちゃった。これが初めてでもないいんじゃないの」

かもしれない。とにかくシプリアンはその女性の勘違いに驚きも困りもしていない。バッグの値札を調べ、落ちつきはらった声ではっきりと、

「黒のシールスキンですね。定価三十四シリングですが二十八シリングにお下げしています。実は在庫一掃価格で、特別に二十六シリングにまでお値引きいたします。かなり品薄になっておりますよ」

「いただくわ」女客は財布からせっせと硬貨を出しにかかっている。

「このままでもよろしゅうございますか?」シプリアンが尋ねる。「いつもでしたら数分でお包みいたしますが、なにぶん混雑しておりまして」

「いいの、このままで」お客はそう応じ、戦利品をつかんで代金を数え、シプリアンの手にのせた。

アデーラは親切な通りすがりの人たち数名に介抱されて、おもてへ出してもらった。

「この人出に、熱気だもの」親身になってくれた通りすがりの一人が別の人を相手に、「フラフラにのぼせちゃうよねえ」

次にシプリアンを見かけたら、書籍カウンター売場をとりまく人ごみに立っていた。これまでになく、深く夢見る目になって。今度はお年寄りの聖堂参事に祈禱集二冊を売ったばかりだ。

（The Dreamer）

マルメロの木

「今、ベッツィ・マレンのところへ行ってきたの」ヴェラが伯母のミセス・ベバリー・カンブルに言った。「家賃がたまって困ってるみたい。かれこれ十五週分なのに、さっぱりお金のあてがないんですって」

「ベッツィ・マレンはいつも家賃を払いきれないのに、ひとが見かねて、手を貸してやればやるほどケロケロしてるんだから」これは伯母だ。「もう金輪際助けてやるもんですか。いいかげんに、もっと安上がりな小さい家へ越さなきゃだめよ。村の反対端なら今の家賃、というか未払分の家賃の半額も出せばいくらでも借りられるのに。一年前にそうしなさいって言ったんだけどねえ」

「でも、あれほどの庭、よそにはないでしょ」ヴェラが言い返した。「隅にすてきなマルメロの木があるし。マルメロは教区中にたぶんあの一本だけよ。それなのに絶対ジャムにはしないのよね。マルメロの木があるのにジャムにしないなんて、とても芯の強い人じゃないかしら。あの庭と別れるなんて絶対無理よ」

「十六歳が」ミセス・ベバリー・カンブルが手厳しくきめつける。「無理って言うのは単に気が進まないだけよ。ベッツィ・マレンがもっとこぢんまりした貸間へ移るのは全然無理じゃないし、そのほうが八方丸くおさまるの。そもそもろくに家具もないのに、あんな広い一軒家じゃガラガラでしょうが」

「値打ちのことを言ったら」少し間をおいてヴェラが、「何マイル四方のどの家でも、ベッツィの家にある品物にはかなわないわ」

「ばか言いなさんな」と伯母。「骨董磁器ならなんであれ、とうにありったけ出しちゃったでしょ」

「ベッツィの持ち物じゃないの」ヴェラが不吉な口ぶりで、「でも、私が知ってる話を伯母さまは当然ご存じないですものね。たぶん教えちゃまずいでしょうし」

「すぐおっしゃい」声を張り上げ、手持ち無沙汰で居眠り中のテリアが鼠をとるぞといきなり構えたように、伯母の五感が臨戦態勢に入った。

「伯母さまにはひとこともしゃべっちゃいけないのは絶対確かなんだけど、いけないって言われるとちょいちょいやっちゃうの」

「いけないことをしなさいなんて、わたくしの立場では口が裂けても絶対に言えた義理ではないし――」ミセス・ベバリー・カンブルが勿体ぶって言いかけた。

「で、絶対になんて言われると、いつも反対をやっちゃうの」ヴェラは認めた。「だから、ほんとはしゃべっちゃいけないお話をするわね」

伯母としては、そんな言いぐさにもっとも至極な怒りがこみあげたものの、ぐっとこらえてジリジリしながら問いつめた。

「そんなに騒ぐほどの何がベッツィ・マレンの家にあるんだって？」

「〝わたし〟が騒いだ、というのは全然当たってないわ。それに、人に話すのもこれが初めてよ。でも、これまでさんざんいろんな人の頭を悩ませてきたし、新聞でもあれこれ取り沙汰された話ではあるの。新聞の憶測記事やら、警察がやっきになって国内外をくまなく探していたことを考えると、その間中ずっと、なんの変哲もない小さなコテージにあんな秘密が隠れていたなんて、かなり笑えるでしょ」

「まさかルーヴル美術館の名画のラ・なんとかって女が笑う絵（『ラ・ジョコンダ』日本でいうモナリザのこと）、二年ほど前に行方不明になったあれじゃないでしょうね？」興奮がこみあげ、伯母はおのずと声を大にした。

「違う違う、あれじゃない。でも、同じぐらい値打ちがあって謎めいた——まあとにかく、もっとけしからん話よ」

「まさか、ダブリンのあれ？——」

ヴェラがうなずく。

「あれ全部」

「ベッツィの家に？　信じられない！」

「もちろん、ベッツィは事情を知らないの」と、ヴェラ。「値打ちものらしいから、黙ってないといけないぐらいにしか。私、ほんのはずみで品物の正体とベッツィのうちにきたいきさつに気づいて。安全な隠し場所の目星がつかなくて賊の一味が途方にくれてたところへ、誰か車で村を通りすがりに、ぽつんと離れたベッツィの家こそおあつらえ向きだと目をつけたのね。それでミセス・ランパーがベッツィに話をつけて、こっそり運び入れたの」

「ミセス・ランパー？」

「そう。地域の慈善訪問でほうぼう行ってるじゃない」

「貧乏人のコテージへスープや、フランネル布や、ためになる本を届けていたのならようく知ってるけど、盗品処理となるとまるで別物だし、品物の来歴も少しはわかってたはずよ。斜め読みでも新聞を読んでれば、あの盗難事件を知らないわけないし、そんな見分けのつけにくい品じゃないはずよ。これまでミセス・ランパーはとても心のきれいな人だという定評だったのに」

「もちろん、ほかの人をかばうためよ」とヴェラ。「この事件の特徴は、一目置かれるまともな人たちが他人をかばおうとして異様に大勢関わってるところ。関与した中には伯母さまが肝をつぶすようなお名前がいくつもあるのに、それでいて元の一味を知っている人は十人に一人もいないんだから。こうしてあのコテージの秘密を知ってしまったからには、伯母さまも巻きこまれたわけよ」

「巻きこまれてたまるものですか」ミセス・ベバリー・カンブルは憤慨した。「誰をかばうのもごめんだわ。すぐ警察へ届けなくては、誰が巻きこまれようと盗みは盗みです。どんな立派な人でも、盗品を受け取って処分すればもう立派じゃないわ。すぐに電話して――」

「伯母さまったら」とヴェラが責めた。「カスバートの体面に傷でもついたら、聖堂参事がどれほどお嘆きになるか。よくご存じでしょ」

「カスバートが！　よくもそんなことが言えるわね、うちのみんなにどれほど大事にされている人かもわからないの？」

「もちろんよ。伯母さまには大事な大事な人、ビアトリスの婚約者だし、身の毛がよだつほどお似合いのご縁で、伯母さまの理想の娘婿の必須条件をみたしているのも知ってますとも。それはそうなんだけど、ベッツィの家へ隠すのはカスバートの思いつきだし、自動車で運びこんだのもあの人よ。友達のペギンソンを助けたい一心で――いつも海軍軍縮でアジってるあのクエーカー教徒の。そっちの経緯は忘れちゃったけど、立派な人が大勢巻きこまれているってさっきも言ったでしょ？　だから、ベッツィが引っ越すのは絶対無理だって言ったのよ。あれだけ量があればかさばるし、自分の家財道具といっしょに運んだら、どうしたって目につくじゃない。もちろん百歩譲ってベッツィが病気になって死んだりしたら同じくらいまずいけど、ベッツィが言うには、自分のお母さんは九十以上まで長生きしたっていうから、ちゃんと気をつけて気苦労させなければあと十二年はもつわ。それまでの間に、あの厄介なお荷物の処分先がほかへ決まるかもよ」

「カスバートに話すわ――お式がすんだら」ミセス・ベバリー・カンブルは言った。

「お式はね、来年まではないの」ヴェラはいちばんの親友に一部始終を打ち明けた。「それまでベッツィは家賃タダであの家に住まわせてもらって、週に二度スープを届けてもらい、ちょっとでも具合が悪ければいつでも伯母の主治医にかかれるわ」

「でも、あなた一体どうやって全部見抜いたの？」親友はすごいすごいと感心している。

「謎よね――」と、ヴェラ。

「そりゃあ謎に決まってるじゃない、みんなが手を焼いたんだもの。それを、あなたひとりがどうやって探り――」
「ああ、あの宝石の件？　そこは私の創作よ」ヴェラが種明かしした。「謎だったのは、ベッツィったら、ためこんだ家賃分をそもそもどこから捻出する気だったのかな。あんなすてきなマルメロの木を置いて出て行くのは絶対いやだったろうし」

（The Quince Tree）

「人の縁組の世話も、守備範囲のうちかい？」

ヒューゴー・ピータビーがなにやら他人事でなさそうな尋ね方をした。

「あんまり得意じゃないね」とクローヴィス。「順調なうちはいいけどさ、たまに思わぬとばっちりがくるんだ――せっせと励まし、あれこれ手を貸してもらってためしに結婚するところまで漕ぎつけておきながら、無言で恨みがましい顔をするやつってどういうんだろ。気分悪いったらないよ、なくて七癖のとんでもない馬を売りつけたら、狩猟シーズンを過ごすうちに相手がだんだん馬のあらに気づいてきたぞみたいな。たぶん、きみのお目当てはあのクールターネブ家の娘だろ。たしかに明るくていい子だ、見てくれもなかなかいいし、持参金もかなりあるはずだし。だけど、そもそもどうやってプロポーズする気なのさ、さっぱりわからん。相客として紹介されてこのかた、しゃべり通しだろ、三分と黙っていたためしがない。賭けでもして草地のパドックを徒競走で六周し、相手が立ち直る前に先手必勝プロポーズでぼそっといくしかないよ。あのパドックには干草の山を積むための下慣らしがしてあるけど、本気で愛してるなら牧草なんか目じゃないさ、とくに他人の牧草なんだし」

「プロポーズ方面は、自分でなんとかなると思う」とヒューゴー。「四、五時間ふたりきりにさえなれれば。そんな機会に恵まれそうにないから困ってるんだ。あのラナーの野郎、どうも同じ縄張りに目をつけてるふしがいろいろあって。あいつめ、べらぼうな金持ちでそれなりの押し出しだろ、実際、ここのうちの奥方まで、泊まりにきてもらってなんかちょっとご機嫌らしい。あげくにやつがベティ・クールターーネブに満更でもないと感づきでもしたが最後、あーら玉の輿《こし》だわとかいってふたりで一日中抱き合うよう仕向けるだろ、そしたら、おれの出る幕は？　唯一の気がかりはだな、やつをできるだけあの子から遠ざけておきたい。きみが力を貸して——」

「こんな片田舎でラナーをあっちこっち引きずり回して、古代ローマってふれこみの遺跡やら地元の養蜂やら作物栽培やらを見学させる話なら、お役には立てないよ」とクローヴィス。「なにしろあいつ、こないだの夜の喫煙室を根にもってるから」

「喫煙室でなんかあったのか？」

「使い古しの話を最新ネタみたいなドヤ顔でしゃべるもんだから、こっちは何食わぬ顔でそらっとぼけて、その話はジョージ二世お気に入りのネタでしたか、それともジェイムズ二世だったかなって言ってやった。表向きなんともない顔をしてるけど、目で嫌ってるよ。だから機会があればせいぜい応援するけどさ、どうしたってしっぽをつかまれないように回りくどくなっちゃうな」

「ラナーさんがおいでになって本当によかった」あくる午後、女主人のミセス・オルストンはクローヴィスに打ち明けた。「これまで何度お招きしても、いつも先約がおありで。いい方よね、ぜひ、ふさわしいお嬢さんと結婚なさるべきだわ。ここだけの話、泊まりに来てくださったのは、お目当てがあるからじゃないかしらって」

「同感です」クローヴィスがここぞと声をひそめて、「実のところ、確実視していいかと」

「そうすると、魅《ひ》かれている――」ミセス・オルストンが熱心に言いかけた。

「お目当てをせしめよう、というわけですね」と、クローヴィス。

「せしめるって？」奥方がややへそを曲げた。「どういうこと？　あんなお金持ちよ。そんな方が、ここの何をせしめなくちゃいけないの？」

「あれで、憑かれたような道楽がたったひとつあるんですよ。しかもぼくの知る限りでは英国広しといえど、ご当家からせしめるのでなくては絶対入手できないものです。色仕掛けでも、金にあかしてもだめでしょうね」

「えっ？　いったいなんのお話？　憑かれたような道楽って？」

「彼は卵の蒐集家なんですよ。世界中に使いをやって希少種の卵を集めていましてね、欧州屈指のコレクションです。ただし、わが手で希少種を採るという野望があり、そのためなら金に糸目はつけず、どんな労力も惜しみません」

「えっ、どうしよう！　あのノスリ、ケアシノスリが！」ミセス・オルストンは声を上げた。

「まさか、ノスリの巣を荒らしたりはなさらないでしょ？」

「ご自身はどうお考えですか？」クローヴィスが問い返した。「この国で営巣中のケアシノスリはおたくの森にいるつがいだけでしょ。その事実はほとんど世に知られていません。が、やつが稀鳥保護連盟の会員である以上は当然知ってるはずです。こちらへうかがう途中の列車に乗り合わせたんですけど、旅行荷物の中に分厚いドレッサー著『ヨーロッパの鳥類』が座右の一冊としてちゃんと入っていたのが目につきました。短翼種のタカとノスリの巻でしたよ」

　嘘つきの甲斐性は、甲斐ある嘘を活かすこと。クローヴィスの座右である。

「嫌だ、どうしましょ」とミセス・オルストン。「あのノスリに何かあったら、主人に絶対許してもらえないわ。この一、二年ほど森に来ることは来ていましたけど、営巣したのは初めてで。おっしゃるように、英国中の島々を合わせても、知られているのはあのつがいぐらいでしょうよ。

それなのに、よりによってうちにお泊まりの方がその巣を荒らしに駆けつけようとするなんて。なんとかして止めなくては。どうかしら、面と向かってお願いしてみては――」

クローヴィスは笑ってしまった。

「噂がありましてね、枝葉のおおかたも事実だろうと思いますが、少し前にマルモラ海沿岸のどこかであった事件にわれらがご友人が関与しているだろうと。あるアルメニア人富豪所有のオリーブ園は、シリア産のヨタカか何かが営巣していると知られていましたが、なぜかラナーに現金と引き換えでも卵目当ての立ち入りを許そうとはしません。そのアルメニア人は一、二日後に暴行されて息絶え絶えになり、周囲に巡らしたフェンスは倒されていました。おおかた回教徒のしわざだろうと言われ、各国領事館の通信文もそういう話になっていますが、卵はちゃんとラナーのコレクションにありますよ。いやあ、たとえラナーにお願いしたって効果は見込めないと思うな」

「なんとかしなくちゃ」ミセス・オルストンは涙した。「主人がノルウェーに赴任するとき、あのノスリには絶対に手を出すなと出がけにきつく釘を刺されましたし、手紙でも様子はどうかと欠かさず尋ねてきます。なんとかお知恵を貸してくださいな」

「見張ってはいかがでしょうか」とクローヴィスは言った。

「見張る！　ノスリの周囲にずらりと番人を立てろとおっしゃるの？」

「いえ、ラナーの周囲です。いくらラナーでも、日没後にここの森を歩くのは無理です。ですからあなたのご手配で、ご自身かイヴリンかジャックかあのドイツ人家庭教師がひとりずつ終日交替でラナーのそばで目を光らせればいい。相客なら追っ払えても、この屋敷の方々を追っ払うわけにはいきません。いくらコレクションに夢中の男でも、ドイツ人の家庭教師にしがみつかれて木に登り、禁断のノスリの卵採りなんかできない相談ですよ」

ラナーはクールターネブ嬢を口説く機会をぐずぐず狙っていたが、そのうち気づいてみると、お邪魔虫のいない好機が十分間もあれば御《おん》の字になってしまっていた。相手がひとりでも、自分は断じてひとりにしてもらえない。しかも自分への奥方の態度も豹変し、それまでの望ましい放任主義から、馬鍬《まぐわ》みたいにお客を引きずり回す人になった。自邸のハーブガーデン、温室、村の教会堂、妹がコルシカ島で描いた水彩画のあれこれ、そのうちにセロリが生えるはずの畑などをひたすら見せて見せて見せまくる。

アイルズベリー種のアヒルの雛《ひな》すべて、病気がはやらなければ蜜蜂がいたはずの巣箱の列、さらには小道の果てまでえんえんと連れていかれて、古代のデーン人がテント暮らしをしたと伝承のある小高い丘をはるか遠くから望む。女主人によんどころない都合ができてしばし離れても、まじめくさった顔のイヴリンがすぐ横を並んで歩く。イヴリンは十四歳の女の子で、もっぱら世の善悪とか、人が全力を出そうとかたく決意して世の中に新風を吹きこめば、どれほどの偉業が達成されるでしょうか、なんて話ばかりだ。だからイヴリンにかわって弟のジャックがくると気詰まりがとれて、たいていほっとした。九歳のジャックはバルカン戦争の話が十八番《おはこ》、といってもバルカン戦争の政治史や軍事史に新たな光を当てるほどの見識はない。ドイツ人家庭教師には生まれてこのかた一人の人間分としては最多、一生分でもおつりがくるほどシラーの話を聞かされた。たったひとりの人物のことをこれだけ聞かされたのは初めてである。ゲーテに興味がないと言ってしまったのが、あるいは戦術ミスだったかもしれない。やがて家庭教師の見張り番が上がるとまたしても奥方の当直になり、大政治家チャールズ・ジェイムズ・フォックス（一七四九―一八〇六）を覚えていたけど数年前に亡くなった老婆のコテージがまだ残っておりますからご案内しましょう、などと〝お誘い〟という名の問答無用がやってくる。ラナーは所用につき滞在を切り上げてロンドンへ戻った。

ヒューゴーとベティ・クールターネブは不発に終わった。プロポーズして断られたのか、それとも、むしろそっちのほうが多数派意見だが、三語以上まとまった発言をさせてもらえなかったせいなのかは解明しきれずじまいだった。まあとにかく、ベティは相変わらず「クールターネブ家の明るくていいお嬢さん」だ。

ノスリのつがいはせっかく雛《ひな》を二羽巣立たせたと思ったら、親鳥が地元の床屋に撃たれてしまった。

（The Forbidden Buzzards）

賭け

「ロニーには頭が痛いわ」ミセス・アトリーは嘆いた。「こないだの二月でやっと十八歳なのに、もういっぱしの賭事狂なの。いったいだれの血かしら。父親はカードに触れたこともなかったし、私もほとんどやらない――冬場、水曜の午後に百点三ペンスのブリッジぐらいでしょ。それさえ五ペンスに上げろとイーディスがしつこいし、断ったらあのいやなジェンキナム家の娘が呼ばれるのでなければ、手なんか出しませんよ。どんな日でも、雑談のほうがブリッジよりよっぽど性に合うんだもの。つくづく、カードいじりは時間の無駄ね。それなのにロニーの頭の中はブリッジとバカラとポーカーばかり。もちろん、歯止めには手をつくしてるの。よく行く先のノリッドラム夫妻には賭けごとをさせないでとお願いしたんだけど、母親なら当然の心配をあの方々に汲んでもらおうなんて、渡航中ずっと静かにしていてと大西洋に頼むようなものだわ」

「だったらなんで行かせるの?」エリナー・サクセルビーに言われた。

「そりゃあ、だって、あのご夫婦を怒らせたくないもの。うちの地主さんでしょ、家のどこかをいじりたければあちら頼みだし。蘭《らん》の温室の屋根ふきかえでもそりゃあよくしてもらったわ。おまけに、うちの車がおかしくなると余分にあるのを貸してもらえるのよ。ほら、うちのって、しょっちゅうおかしくなるじゃない」

「頻度は知らないけど」とエリナー。「相当なもんよね。どこであれ車を出してとお願いするたびに、いつもいつも故障か、運転手の神経痛って言われっぱなしだもの。かといって、そんな故障の多い運転手を辞めさせる気配もないし」

「ほんとにひどい神経痛なのよ」ミセス・アトリーはあわてて言った。「とにかく」と続けて、「ノリッドラムさんちのご機嫌を損ねたくないのはわかってもらえたでしょ。郡でいちばん出入りが多い家だけにお食事なんかでたらめで、はたして一、二時間先になるのか、どんな献立かも出たとこ勝負だそうだけど」

エリナー・サクセルビーは震え上がった。食事なら、きちんと定時にバランスよく出てほしい。

「それでもね」ミセス・アトリーがしつこく、「ふだんの生活態度がどうあれ、地主としても隣人としてもよくできた方たちよ。だから、もめるのは勘弁して。それにロニーならあの家でカードをしなくたって、どうせほかへ行くに決まってるわ」

「そうはならないわよ、母親のあなたがきっぱりした態度をとれば」とエリナー。「きっぱりした態度がかんじんよ」

「きっぱり？　してるわよ」ミセス・アトリーは声を張り上げた。「それ以上よ――結果を見越して先回りしてるんだから。ロニーに賭けさせまいとして思いつく限りの手は打ってきたし、つけ賭け予防に今年分のお小遣いは全額止めたわ。日曜寄進の銀貨も渡さないかわり、あの子名義で教会献金にかなりまとまった額を出し、狩猟の従者にやるチップさえ持たせずに郵送してるのよ。おかげで派手にむくれてたけど、勤勉青少年連盟の克己週間にあげた十シリングがどうなったか思い出しなさいと釘を刺してやったから」

「どうなったの？」と、エリナー。

「そうねえ、ロニーは克己週間前に我流を試そうと、そのお金をグランド・ナショナル競馬に賭けたの。うまくいけば、連盟に二十五シリング寄付した上に自分もかなりいい小遣い稼ぎになったのにって本人は言うんだけど、実際はその十シリングの他にもあれやこれやが重なってしまって居づらくなったのね。以来、現金は絶対に持たせないように気をつけています」

「いずれ抜け道を思いつくでしょ」エリナーは自信まんまんでさも当然のように、「ものを売るんじゃないかしら」

「あのね、それならとうに売れるだけ売っちゃったの。腕時計も狩猟用スキットルもシガレット・ケース二つとも。今の袖口留めがまがいもので、十八歳のお誕生日にローダ伯母さまにいただいた純金カフスはとうに売っぱらっていてもびっくりしないわ。もちろん、衣服は冬のオーバー以外は売れないでしょ。だから虫食い防止の名目で樟脳《しょうのう》入りの鍵つきたんすに入れてあるの。ほかの抜け穴はもう思いつかない。ね、きっぱりするだけじゃなく、さきざきを見越して手を打ってあるでしょう」

「ノリッドラム家へは今も入り浸ってるわけ?」と、エリナー。

「昨日は午後から晩餐まで長居したようね」ミセス・アトリーが、「帰宅時間は知らないけど、遅かったらしいわ」

「だったら、程度の差はあれ絶対やってるわ」エリナーは乏しいひらめきを最大限に使う人らしい断定口調で、「田舎の夜ふかしに手慰みはお約束でしょ」

「手持ちも入るあてもなければ、ない袖は振れないでしょうに」ミセス・アトリーが押し返した。「たとえ少額だって、負けを払える見通しがちゃんと立たないと賭けさせてはもらえないわよ」

「銀鶏《ぎんけい》の雛《ひな》を売ったんじゃないの」エリナーが言ってみた。「あれなら一羽につき十から十二シリングはかたいでしょ」

「あの子に限ってそんなことは」ミセス・アトリーが、「とにかく、私がけさ勘定したもの。一羽も欠けてないわ。ええ、違いますとも」と、四苦八苦しながらも、確かな手応えを感じる人特有の静かな満足感をにじませた。「カードテーブルなら、ゆうべのロニーは指をくわえて見るだけだったたんじゃないかしら」

「ところであの時計、合ってる?」少し前から、エリナーの目はきょろきょろとマントルピースに行きがちだった。「おたくの昼食時間はいつもきっちりしているのに」

「十二時三十三分よ」ミセス・アトリーが声を高めて、「あなたのために、コックがよけいに頑張ってるんでしょ。私もよくは知らないの、だって午前中ずっと出ていたものだから」

エリナーは鷹揚《おうよう》な顔になった。ミセス・アトリーのお抱えコックが腕によりをかけるのなら、数分ぐらいは待つ甲斐がある。

ところが、いざ昼食になってみれば定刻から大幅に遅れたばかりか、大事にされてきた腕利きコックの名を汚す仕事だった。スープだけで後の全部が思いやられ、その後も失点回復できなかった。エリナーが無理やり言葉にしようとすれば、なまじな苦情よりははるかに胸にこたえる涙声になり、子牛の腎臓にはふだんうるさくないロニーさえ一口食べて暗い顔になった。

「おたくのお昼の最高傑作ではなさそう」塩味の口直しで希望が全滅すると、とうとうエリナーに言われた。

「それどころか、ここ数年でこれほどひどいのはなかったわよ」女主人が、「今のなんか、しけったトーストに唐辛子を振っただけでしょ。本当に面目ないわ。厨房はどうしちゃったの、ペリン?」とお給仕役の女中をただした。

「はあ、奥さま。なにしろ、コックさんのかわりがにわかに来られて、料理するひまもろくになかったので」ペリンが釈明した。

「コックのかわり、ですって!」ミセス・アトリーが金切り声になった。

「ノリッドラム大佐のコックさんです、奥さま」

「いったいどういうこと? ノリッドラム大佐のコックがうちの厨房でなにしてるのよ? うちのコックをどこへやったの?」

「あ、そっちはぼくのほうがうまく説明できるかも」ロニーがあわてて、「実はね、昨晩はノリッドラムさんとこで食べたんだけど、君んちみたいな腕利きコックが今日と明日だけでもいたらなあ、泊まりがけのお客に美食家がいるんだよって言われて。あそこんちのコックはちっともうまくない──まあ、やっつけ仕事がどうなるかは今わかったよね。だから、負けたら賭け金がわりにコックを貸す約束でバカラ勝負するのも一興かなって。で、負けちゃった、まあそういうこと。今年に入ってバカラのツキがさっぱりでさ」

続けて、母の意向でほんの一時だけだからとコック二人を説き伏せ、母の留守中にこっそり入れ替えた事情を説明にかかったが、とんでもないと声高に責めたてる声に中途でかき消されてしまった。

「奴隷に売ったたって、あんなひどい騒ぎにはなりっこないよ」と、あとでロニーはバーティ・ノリッドラムに打ち明けた。「エリナーのたけり狂いようったら、母よりすごかったな。で、ものは相談なんだけど。こんどのクローケー競技会でぼくと組むのをエリナーに断られるほうに賭けるから、こっちは銀鶏二羽、そっちは五シリングで勝負しようよ。抽選で同じ組になったんだ」

今回は勝った。

（The Stake）

クローヴィスの教育論

クローヴィスと座談中のマリオン・エゲルビーがいそいそ乗ってくる話題はたったひとつ――腹を痛めたわが子らの、多方面にわたる完璧ぶりやお手柄自慢である。対するクローヴィスは、いわばそんな気になれず、親《おや》印象主義で嘘くさく派手に盛られたフルカラーの次世代エゲルビー談義にはさっぱり熱意がわかない。ところがミセス・エゲルビーには熱意が二人分あった。

「エリックなら絶対にお気に召すわ」希望的観測でというより議論上等で絡んでくる。クローヴィスからはエイミーもウィリーも特別好きになるとはちょっと考えにくいですと、すこぶるわかりやすい物言いで、やんわり引導を渡された後なのに。「そうよ、エリックなら絶対よ。みなさんひと目であの子のファンになるの。ほら、若きダビデの名画があるでしょ、いつ見てもあれそっくり――画家は忘れたけど有名な人よ」

「それだけうかがえばエリックへの反感は絶対ですね、何度も顔を合わせれば」とクローヴィス。「例えばオークション・ブリッジ対戦中にですよ、自分のパートナーが最初にディクレアした札は何だっけ、相手が最初に捨てた札はどのスーツだったかなどと一心不乱に考えるさなかに若きダビデの名画をしつこく思い出させるなんて、想像しただけでどうです。ひたすら頭にきますよ。エリックがそんなやつなら、絶対に相容れませんね」

「エリックはブリッジはしないわ」ミセス・エゲルビーが偉そうに言った。

「やらない？　なんで？」

「どの子もトランプをさせずに育ててきたからですよ。チェッカーやハルマみたいなゲームを奨励してね。エリックはチェッカーの名人で通ってるの」

「そうやって、ご家族の行く手に地雷の種を撒《ま》いておられるんですね」とクローヴィス。「友人に刑務所の教誨師がおりますが、そいつが見聞きした限りでは、死刑や長期懲役判決を受けた最悪の犯罪者にブリッジをたしなむ者は一人もいません。反対に、チェッカーの名人なら二人はいたそうです」

「うちの子たちと犯罪者階級にいったいなんの関係があるっていうの」ミセス・エゲルビーがむっとする。「これ以上ないほど気を配って育ててきたんですよ、それだけは保証するわ」

「つまり、お子さんが将来どうなるか不安だったんですね」とクローヴィス。「そこへいくと、うちの母はそんな悩みがありませんでした。げんこつを食らわす間隔と、正邪の違いを教えこむのだけに留意した子育てです。どこかに違いがあるんですよね、どこがどうかは忘れましたけど」

「正邪の違いを忘れました、ですって！」相手は大声を出した。

「ええ、そりゃもう。博物学とかいろんな科目をいっぺんに詰めこまれましたでしょ、覚えきれませんよ。これでも前はサルディニアヤマネと普通種の相違点、アリスイと郭公《かっこう》が渡ってくる順番はどっちが先か、セイウチがどれくらいで成獣になるかを知っていました。あなたもご存じだったはずですよ、でも絶対に忘れちゃったでしょ」

「そんなの大事じゃないし」と、ミセス・エゲルビー。「でも――」

「二人とも忘れたという事実があれば、大事なのはわかります。大事であればあるほど常に忘れるのに、どうでもいい話はいつまでも頭に残るのはいやでもお気づきでしょ。従姉のエディサ・クラバリーを例にとってみましょうか。十月十二日という従姉の誕生日は絶対に忘れません。それこそ生まれ日がいつだろうが関係ないし、そもそも生まれなくたって一向に構わない。どっちもぼくには完璧にどうでもいい事実です――従姉なら掃いて捨てるほどいますし。逆にヒルデガード・シュラブリーのうちへ泊まれば、最初の夫の評判下落のもとは競馬だったか株取引だったか、肝心かなめの大事な話なのに、まったく思い出せません。そこがあやふやだと、スポーツや経済をうっかり話題にできなくなります。旅行もだめですね、二度めの夫は死ぬまで外地送りでしたから」

「ミセス・シュラブリーとは行動半径の周りがまるっきり違うわ」と、相手の声がこわばる。

「ヒルデガードを知る人に、行動半径の回り方をとやかく言う人はいませんよ」とクローヴィスが返す。「無尽蔵のガソリンにものを言わせてノンストップで、が人生観みたいです。ガソリン代を他人に回せればますます調子が上がります。白状しますとね、思いつく限りでいちばん学ぶ点が多い女性はあの人ですよ」

「どんな点を学ぶって？」ミセス・エゲルビーが、採決抜きで断罪する陪審員ばりの迫力で詰問した。

「まあいろいろですけど、ロブスター料理を四通りは教えてくれました」と、ありがたがる。「ピンとこなくて当然ですよね。カードテーブルの娯楽を規制なさる方が、さらに細やかなダイニングテーブルの広がりや妙味をきちんとわかるわけがない。どうも快楽啓発力というのは、まめに使わないと衰えてしまうらしくて」

「ロブスターでうんと体調を崩した伯母ならいるわよ」

「はっきり言わせてもらいますと、過去の病歴がさらに出てくればロブスター以前にもよく崩してたんじゃないですか。ロブスターのはるか前から麻疹にインフルエンザに偏頭痛にヒステリーほか、おばさん族につきものの病気があったのに実は隠してません？　そもそも一日も病気しないおばさん族なんて滅多にいませんよ。実際、見たことありません。もちろん生後二週間なら具合が悪くなって、最初で――最後になっちゃうでしょうけど、それならそれであらかじめそういうご説明があったでしょうし」

「もう行かなくちゃ」ミセス・エゲルビーの声に残念な感じはお義理にもなかった。

クローヴィスのほうは、残念な感じを品よく出して腰を上げた。

「エリック君のお話、とても楽しいひとときでした」と言う。「いつかご本人にお会いするのが本当に楽しみですね」

「それじゃ」ミセス・エゲルビーは冷ややかに言い渡し、喉奥でぼそりと――

「この目の黒いうちは、絶対に！」

（Clovis on Parental Responsibilities）

休日の仕事

ケネルム・ジャートンはランチのかきいれ時にゴールデン・ガレオン・ホテルのダイニングホールに入った。満席状態をさらにつめて小さな臨時テーブルまでめいっぱい出したおかげで、たいていの客席は体が当たりそうになっている。ウェイターに手招きされてひとつだけ見つかった空席についたが、わけもなくみんなに見られているようで落ち着かなかった。ジャートンはまだ一応若く、なんの変哲もない風采で身なりも態度も地味なのに、まるで有名人か、変な〝いまどき君〟ばりに好奇の目にさらされている感が払拭できない。注文後はどうしても手持ちぶさたで仕方なく卓上の花瓶に見入る姿を、今風のおてんば娘数名やら、もっと落ち着いた年格好の女性たちや、皮肉っぽい顔のユダヤ人に見られている（気のせい）。現状をなんとか打破しようと、花瓶の花にわざとらしく注目した。

「このバラ、なんていうの?」とウェイターに尋ねる。ワインリストやメニューのお尋ねなら知りませんではすまされないが、バラにそんな義理はないので、ウェイターはあっさり知りませんと言った。

「エイミー・シルヴェスター・パーティントンですよ」すぐ横で声がした。

声の主は顔立ちも身なりもいい若い女で、体が触れ合いそうな近くの席にいた。ジャートンはあわてて礼を言い、思わぬ展開に内心びくつきながらも無難な感想をいくらか述べた。

「おかしなものね」若い女がそう言い出した。「あのバラの品種名ならあっさり教えてあげられるのに、お尋ねがわたくしの名なら、そうしたくてもこれっぽっちも思い出せませんのよ」

名を聞きたいとはつゆ思わなかったが、そうこられてはお義理で尋ねざるをえない。

「ええ、そうね」相手が答える。「記憶がところどころ抜け落ちるのかしら。列車の中で切符を見ましたら、ロンドンのヴィクトリア駅からここまででした。手持ちは五ポンド紙幣二枚とポンド金貨一個だけで、名刺や身元のわかる品がなくて本当にさっぱりです。レディの称号があった覚えは、なんとなく。だから貴族の令嬢か夫人でしょうね――それ以上はまったくわかりませんけど」

「手荷物はおありでなかった?」ジャートンが尋ねた。

「さあ、そこがねえ。このホテルの名は知っていましたのでひとまず行くことにしたら、駅待ちのホテルのポーターに荷物の有無を尋ねられて、そうすると化粧かばんや衣類用バスケットなんかを出さなきゃいけませんでしょ。まあ、どこかへ紛れちゃったふりはいつでもできますし、スミスという名だけ伝えましたら、ポーターがすぐさま荷物とお客のごった返す中から化粧かばんと衣類用バスケットを出してきました。ケストレル‐スミスの名札つきです。受け取らざるをえませんわね、他にしかたありませんもの」

ジャートンは口をはさまなかったが、元の持ち主はどうしているだろうと気になった。

「もちろん、なじみのないホテルにケストレル‐スミスなんて名前で泊まるのはぞっとしませんけど、荷物なしの手ぶらで行くのはもっと困るでしょ。まあ、とにかく面倒は嫌でしたの」

ジャートンの脳内にほとほと困った鉄道員やげっそりしたケストレル‐スミス一家の幻が浮かんだものの、口に出すのははばかられた。女が話し続ける。

「当然ながら手持ちの鍵はどれも合いませんでしたけど、目はしのきくボーイに鍵束をなくしたと申しましたらね、あっという間に鍵を開けてくれましたのよ。目はしがききすぎだわ、末はダートムア刑務所行きかも。ケストレル‐スミスの化粧道具はあまり上等じゃないんですけど、ないよりはましですから」

「称号をお持ちなのが確実そうなら」と、ジャートン。「貴族名鑑をお調べになってみては？」

「もうやってみましたわ。ウィッティカー貴族名鑑で貴族院一覧をざっと見たのですけど、おそろしく細かい字の羅列というだけで。もしも陸軍士官だったとしても、素姓を忘れてしまったら、軍人名鑑と何ヶ月にらめっこしようがわかりませんよね。ですから、別の方法をとってみます。ささいな手がかりから自分でなさそうな人を特定しようと——そうすれば範囲がいくぶん狭まるでしょうし。たとえばお気づきかどうか、今しがたのお昼はロブスター・ニューバーグでしたでしょ」

ジャートンはまったくお気づきでなかった。

「贅沢なんですよ、だってメニューでもお高いほうですもの。でもまあそれで、スターピング夫人でないのはわかりました。あの方は甲殻類を絶対召し上がらないの。それにお気の毒なブラドルシュラブ夫人だったらまるで消化できませんので、午後なかばで苦悶死間違いなし、そうなったら新聞も警察も身元不明でお手上げね。ニューフォード夫人はバラにうとくて男嫌いですから、その場合はあなたに口もききませんし、マウスヒルトン夫人なら見境なくしなだれかかるわ——そんなこと、しませんでしたね？」

相槌を暗に求められたジャートンは、あわてて請け合った。

「ほらね」相手が続けた。「それでリストからいっぺんに四人抜けました」

「一人に絞るまで、だいぶかかりそうですね」と、ジャートン。

「ええ。でも、もちろん絶対あり得ない人が山のようにいます——もう一人前になったお孫さんや息子さんがいらっしゃる方とか。同世代限定で考えればすむわけです。ですから、よろしければ午後から手を貸していただきたいんですけど。喫煙室そなえつけの『カントリーライフ』誌などの新聞や雑誌をどれかごらんになって、小さい息子か何かを連れたわたくしの顔写真が載っていないか確かめてくださらない。十分もかかりませんわ。お茶の時間にまたラウンジでお目にかかりましょう。恐れ入ります」

そうやって、素姓不明の美人は自分探しをお上品にジャートンに押しつけ、立って出がけにテーブル越しにささやいた。

「ウェイターにチップを一シリング置いたんですけど、お気づき？　アルワイト夫人は外せますわ。それくらいならいっそ死んだほうがましという方ですもの」

ジャートンは五時にラウンジへ出てきた。喫煙室の絵入り週刊新聞に囲まれて、一時間ばかり精を出してはみたが収穫はなかった。なりたてほやほやの知人は小さなティーテーブルにおり、ウェイターが付近にそれとなく待機していた。

「中国茶になさる、それともインド茶？」ジャートンは来るなり、そう尋ねられた。

「中国茶をお願いします、食べものは結構です。何か出てきましたか？」

「自分じゃない人ばかりよ。ベフナル夫人ではありません。賭けごとと名のつくものは虫酸《むしず》が走るほどお嫌いですけど、わたくしはさっきロビーで有名な賭け屋を見つけて、さっそく三時十五分のレースでミトロヴィッツァ厩舎のウィリアム三世の子という名なしの若い雌馬に十ポンド賭けました。名なしというのがどうやら琴線に触れたみたい」

「勝ちました？」ジャートンが尋ねた。

「いえ、四着でした。どこに腹が立つといって、勝たなくても三着以内かと思っていたらこの仕打ちですからね。まあ、とにかくこれでベフナル夫人でないのはわかりました」

「かなりの代償とひきかえのようですね」ジャートンが感想を言った。

「そうねえ、おかげでもうすっからかんだわ」自分探し中の女性は認めた。「残りは二シリングのフロリン銀貨だけですもの。あのロブスター・ニューバーグが高かったし、ケストレル－スミスの錠前破りボーイにももちろんチップをやりませんとね。でも、使えそうな案を思いつきました。ピヴォットクラブに入っているのはたぶん確実ですので、ロンドンへ戻ってクラブの受付に自分宛の手紙の有無を尋ねてみます。あの人なら会員を一人残らず覚えていますから、手紙なり電報なりが届いていれば一挙解決ですわね。もしも一通もありませんと言われても、わたくし誰だったかしらねですむ話でしょ。どう転んでも失敗はありませんわ」

確かにいけそうだが、実現に障害がないだろうかという気がする。

「もちろんそうです」と、障害をほのめかす彼に答えて、「ロンドンまでの足代ですとか、このホテル代やタクシー代もろもろがね。三ポンド貸してくだされば余裕で払えますわ。いろいろお世話さま。それと、あの荷物を一生しょいこむのもね。ですから荷物を玄関ホールへおろさせますので、手紙を書くわたくしにかわって荷物番中というふりをしていてくださいな。わたくしがこっそり抜け出して駅へ向かったあとは、ぶらぶら喫煙室へおいでくださってかまいません。置きっぱなしの荷物はホテルがなんとかするでしょう。少し後で広告でも出せば、本当の持ち主が名乗り出るでしょうし」

その計画通りにジャートンに荷物番をつとめさせ、にわかケストレル-スミスは目立たぬようにホテルを出た。しかしながら人目を完全に逃れたわけではない。紳士二人連れでのんびりジャートンの脇を通りすがりに、片方が連れへ話しかけた。

「いましがた出ていった、あのすらっとした灰色の服の若い女ね、見た？　ほら、あれが例のレディ――」

あとちょっとで遠ざかり、また正体を聞きそびれてしまった。例のって、有名なレディなのか？　かといって走ってまで、まったく見ず知らずの相手を追いかけていきなり会話に割りこみ、通りすがりの関係ですけど誰ですかと尋ねるわけにもいかない。荷物番のふりを頼まれてもいるし。だが一、二分後、例の女の身元を知るあの重要人物がまた一人でのんびり戻ってきた。ジャートンはありったけの勇気をかき集め、その相手を待ち伏せた。

「あのう、数分前にホテルを出て行ったレディをご存じとおっしゃったようでしたが。灰色の服で背の高い方です。恐縮ですが、どういう方だか教えていただけませんか。一時間半ばかりお話ししまして、その――ああ――私を含めてうちの家族全員をご存じらしく、前にどこかでお目にかかったはずなんですが、どうも名前が出てきません。よろしいでしょうか――？」

「ええ、いいですよ。ミセス・ストループとかいう人です」

「ミセス、ですか？」ジャートンが質《ただ》した。

「そうです。うちの地方のゴルフ女流選手権優勝者《レディ・チャンピオン》です。気さくで人なつこく、社交界にもかなり出入りしていますが、ちょいちょい記憶をなくす困った癖がありましてね、ほうぼうで揉《も》めています。後でその話を出されると、なんだかんだでやっぱり逆切れするんですよ。では、失礼を」

見知らぬ紳士はそのまま行ってしまい、ジャートンのほうは聞いたばかりの事情をのみこむひまもなく、怒ってホテルのフロントにまくしたてる女にいやでも目が行った。

「手違いで、駅からこちらへ荷物を持ってきたでしょう。ケストレル－スミスと名前がついた衣類用バスケットと化粧かばんよ？　どこを探しても見つからなかったの。ヴィクトリア駅でたしかに積みこむのを見たんですからね。あらっ――あったわ！　しかも鍵がいじくってある！」

ジャートンはその先を待たずに逃げ出し、トルコ風呂に何時間もこもって隠れていた。

（A Holiday Task）

雄牛の家

テオフィル・エシュリーは画家だが、なりゆきでやむなく家畜専門に描いている。ただし牧場や乳搾り場で角や蹄《ひづめ》に囲まれ、搾乳スツールに鉄の焼ごて三昧の日々を送っているわけでもない。住まいがあるのは、都市近郊のそしりを危うく免れた緑豊かな別荘地といったたたずまいの土地柄だ。庭の向こうは絵になる細長い草地で、やり手の隣人がチャンネルアイランド種の見本になりそうなかわいい雌牛数頭を放していた。夏の真昼ともなれば、くるみの木陰で膝丈まで草に埋もれた雌牛が、ハツカネズミのようにてらっとした皮をまだらな木洩れ日に染めている。ふとした思いつきで、くるみの木と牧草と木洩れ日にのんびりたたずむ雌牛二頭を描いたところ王立アカデミーの目にとまり、夏の展覧会では同作をかなりいい扱いで展示してくれた。王立アカデミーでは、出品者に既定路線の堅守を奨励する。したがって、くるみの木陰でまどろむ雌牛の絵を評価されたエシュリーは当然ながら、その出発点からの道をひたすら歩むことになった。『真昼の安らぎ』と題した習作はくるみの木陰にこげ茶の牛二頭、次に『真昼の聖域』は焦げ茶の牛二頭を根元に配したくるみの木の習作、以下は順を追って『煩《うるさ》き虻《あぶ》を逃れ』、『群れの楽土』、『搾乳場の夢』、いずれもくるみの木にこげ茶の牛をあしらった習作ばかりだ。二作ほど脱マンネリを図ってはみたが大失敗に終わった。『雀鷹《ツミ》を恐れる山鳩』、『ローマ近郊の狼群』をいずれも嫌らしい邪道と却下されて、ならばと『木陰にまどろむ雌牛の夢』で捲土重来をはかり、王立アカデミーの心証と世間の注目を回復したのだった。

ある晴れた晩秋の午後、習作の牧草に仕上げの筆を入れていると、お隣のアデーラ・ピングズフォードがアトリエの外ドアを傍若無人にしつこくガンガン叩いてきた。

「うちの庭に雄牛がいるの」にわかな乱入の説明がそれだ。

「雄牛ね」エシュリーは呆然とするあまり、かなり間抜けな発言をしてしまった。「品種はどんな?」

「そんなの知るもんですか」と、どなられた。「普通の、いわゆる家庭用雄牛よ。家庭用なんて言葉、異議ありだわ。うちの庭は冬支度したばかりで、雄牛にうろつかれても百害あって一利なしよ。菊の花がちょうど咲きそうだし」

「どこから入ったんでしょうね?」エシュリーが尋ねた。

「門からじゃないかしら」相手はいらだった。「まさか塀を越えるわけないし、ボヴリル石鹸の広告みたいに飛行機から撒いたとも考えにくいでしょ。せっぱつまった目下の重大問題はどうやって入ったかじゃなく、どうやって出すかよ」

「勝手に出て行きませんか?」とエシュリー。

「出て行きたがっていれば」アデーラはかなりへそを曲げた。「わざわざお邪魔して、こうしてお話しするわけないでしょ。うちは今ほんとに私一人きりなの。女中は昼過ぎから休みだし、コックは神経痛で寝ついてて。狭い庭へ入りこんだ大きな牛を外へ出す方法を学校で習うか卒業後に覚えたかもしれませんけど、もうきれいに忘れてます。かろうじて、お隣は牛専門の画家さんだから多少は画題のことをご存じだろうと思い当たり、だったら少しは助けになってくださるかしらって。どうも見損なったみたいね」

「そりゃまあ、確かに雄牛は描いてますよ。ですが、そこらをうろつく雄牛慣れしているとは言えません。映画でなら見たことありますけど、そういう場面にはたいてい馬やらいろんな小道具がつきものじゃありませんか。どこまで事実に即しているかもわかりませんしね」

アデーラ・ピングズフォードは返事もせずに、画家を自分の庭へ連れていった。いつもならそこそこ広い庭のはずだが、どでかい雄牛にふさがれてなんだか狭く見える。くすんだ斑《ぶち》のずいぶん大きな赤牛で、脇と後ろにいくほど薄汚れた白がまじり、ぼさぼさの毛むくじゃらな耳、血走った眼をむいて見るからにたけだけしい。いつも描き慣れた狭い草地のおしとやかな雌牛とはえらい違いで、クルド人遊牧民の族長と日本の茶屋娘ほどの差がある。エシュリーは門の手前でいったん止まり、雄牛の外見や態度を観察した。アデーラ・ピングズフォードは相変わらず黙りこくっている。

「菊を食べてますね」エシュリーが、とうとう沈黙に耐えきれなくなって言った。

「観察眼がおありですこと」アデーラは手厳しい。「ひとつも見落とさないのね。実は、あの口の中にはもう六輪入っててますのよ」

何かしないといたたまれない雰囲気になってきた。そこでエシュリーは一、二歩踏み出し、手を叩きながら「シッシッ」とか「シュー」などと言ってみた。雄牛に聞こえていたにせよ、そんなそぶりはない。

「鶏が庭に迷い込むようなことがあれば、追い立て役は一も二もなくあなたに決まりね。〝シュー〟がほんとにお上手。それはそれとして、あの雄牛をどうにか追っ払ってくださらない？　今ちょうど食べ始めた菊はマドモワゼル・ルイーズ・ビショー種なのよ」氷のような冷たい口ぶりとともに、鮮やかなオレンジの菊が牛の大口で無残にぐしゃっとつぶされた。

「そこまではっきり菊の品種を教えていただいたからには、お返しを。こいつはアイアシャ種の雄牛です」

とたんにアデーラ・ピングズフォードの落ちつきという薄氷がもろくも砕けて放った言葉たるや、エシュリーがとっさに数フィートほどあとずさって雄牛へ近づいたほど凄かった。エシュリーは豆の支柱を抜き、かなり思い切って斑の脇腹を叩いた。それで牛はマドモワゼル・ルイーズ・ビショーをよく噛んで花びらサラダにする作業をいったんお預けし、なにをする、と目を向けた。アデーラもはっきりと敵意の勝った目でやはりエシュリーをにらんでいる。突きかかろうと頭を低くしたり、足踏みで威嚇する兆候がないので、エシュリーは支柱をもう一本取ってまた牛にぶつけた。牛はすぐ剣呑な場所だと悟ったらしく、名残の一口をぱくりとやって菊花壇から逃げ出した。エシュリーが急いで門へ追い立てようとしたが、牛をよけい駆け足にしただけだった。そして、いいかなあ、という顔ながら実のところは遠慮せずにずかずか進んで、よほどのひいき目でもないとクローケーコートとはとうてい呼べない狭い芝庭をつっきり、開けっぱなしのフランス窓からモーニングルームへ入りこんだ。部屋のあちこちに菊や秋の花が活けてあったので、またもやつまみ食いを始めたが、その目に追いつめられた獣の目つきを察知したエシュリーは自重して手出しを控え、好きな花瓶を選ばせておいた。

「エシュリーさん」アデーラがわななく声で、「あの獣を庭から出してくださいとお願いしましたけど、家へ追いこんでくれとは頼まなかったわよ。どうしてもっていうなら、モーニングルームより庭のほうがましだわ」

「ぼくの専門は牛追いじゃないので。記憶が確かなら、最初にそう申し上げたはずですが」

「そうでした」相手がやり返す。「可愛い雌牛の可愛い絵をお描きになるのがお似合いね。なんなら、あの雄牛がうちのモーニングルームにどっかり居座った図をお上手にスケッチなさったら？」

そのセリフでさすがに切れたらしく、エシュリーはすたすた出て行きかけた。

「ええっ、どこ行く気？」アデーラが悲鳴を上げる。

「道具を持ってきます」が答えだった。

「道具？　投げ縄は使わないでよ。組み打ちでもされたら足の踏み場もなくなっちゃう」

だが画家はかまわず出て行き、イーゼル、スケッチ道具一式、絵具などを揃えてきた。

「あの荒くれ者がうちのモーニングルームをめちゃくちゃにしているのに、のんびり座ってお絵描きってわけ？」アデーラが息を呑んだ。

「言いだしたのはあなたですよ」そう言うと、エシュリーはカンバス設置にかかった。

「だめ、断乎禁じます。許しません！」アデーラが息巻いた。

「いったいなんの権利があってそんなことを。たとえ養子にとったたって、うちの雄牛ですとはいまさらおっしゃれないでしょう」

「お忘れのようですけど、うちのモーニングルームで、うちの花を食べてますのよ」かんかんになってやり返してきた。

「お忘れのようですが、コックさんは神経痛でしょう。ようやくうとうとしているかもしれないところへそんな声を張り上げたら、目をさましてしまうじゃありませんか。われわれのような地位立場の人間は、常に人への思いやりを最優先にすべきでしょう」

「この人、どうかしてる！」アデーラが大げさに嘆いた。

その一瞬後、アデーラ自身がどうかしそうに取り乱した。雄牛がついに全部の花瓶と、小説『イスラエル・カリシュ』の表紙を平らげ、狭苦しいから出ようかなという矢先に、いちはやく察したエシュリーがすぐさまヴァージニア種のキヅタをひとつかみ放って足止めしたからだ。

「あのことわざの詳細は忘れちゃったけど」とエシュリーは言った。「〝遺恨の家で飼われた雄牛は野草の夕餉にも劣る〟とかいうやつ。どうやらここには材料がすべて揃っているらしい」

「公立図書館の電話で警察を呼ぶからね」アデーラはそう言い放ち、憤懣のたけを吐き散らして出ていった。

その数分後、雄牛も牛舎で油かすと刻みトウチシャがお待ちかねだと気づき、さっき支柱を投げつけた変な人間がもう何もしないかどうかを慎重に見定めながらモーニングルームをおもむろに離脱、牛歩のわりにけっこうすばやく庭を出ていった。エシュリーも道具を片づけて牛にならい、ピングズフォード家のラークデーン邸は神経痛のコックだけになった。

その一件が、画家としてエシュリーが大成する節目となった。傑作『晩秋のモーニングルームの雄牛』は次のパリのル・サロン展で大評判となり、さらにはミュンヘンで公開され、激しく競り合う牛肉エキス三社をよそにババリア政府が買い上げた。以後は押しも押されもせぬ大家となり、二年後の王立アカデミーは大作『貴婦人の寝室を漁るバーバリーマカク猿』をありがたく引き受けて展示した。

エシュリーはまっさらの『イスラエル・カリシュ』一冊と、みごとに咲いたマダム・アンドレ・ブリュセ種の菊二株をアデーラ・ピングズフォードに贈った。が、真の和解がめばえる兆しは遠い。

(The Stalled Ox)

お話上手

暑い午後だった。おかげで列車のコンパートメントは蒸し暑く、次のテンプルコーム駅まであと一時間近くある。乗り合わせたのは年端のいかない少女と幼女と幼い少年の各一名だった。隅の席には子供につきものの伯母、向かい合わせのなるべく遠い隅にまったく無関係な独身男が一人いたのだが、三人の幼子らは貸し切り同然にふるまっていた。伯母も子供らも同じ言葉をひたすら繰り返すばかりで、しつこい蠅《はえ》みたいに鬱陶《うっとう》しい。伯母はたいてい「いけません」で話を始め、子供たちの方は「ねえ、なんで?」で始まるようだった。独身男は黙っている。

「いけません、シリル、だめよ」と伯母が声を張り上げたのは、男の子が座席のクッションをばんばん叩くたびに派手にほこりをたてたからだ。

「ほら、お外を見てごらん」

言われた子はしぶしぶ窓辺にきた。「ねえ、あの羊、なんであの野原を追いだされるの?」と男の子が尋ねる。

「もっと草のある、違う原っぱに連れて行かれるんじゃないの」伯母が自信なさそうに言った。

「でもあの原っぱ、草だらけだよ」男の子がたてついた。「草だけじゃん。伯母さん、あの原っぱ、草だけだよ」

「他の原っぱの草のほうがおいしいんじゃないの」伯母があてずっぽうを言った。

「ねえ、なんでおいしいの?」当然ながらすかさずそんな質問が飛んだ。

「あっ、見てごらん、あの雌牛!」伯母がここぞと声を上げた。どの原っぱも、もれなくと言っていいほど雌牛や去勢牛がいるのに、伯母さんの物言いでは世にも珍しいものみたいだ。

「ねえ、なんで他の原っぱの草のほうがおいしいの?」シリルがしつこく食い下がる。

すでに眉をひそめていた独身男がさらに顔をしかめた。きっと思いやりのない邪険な人だと伯母は思った。こっちは他の原っぱに生えた草がどうしておいしいか、うまい答えをこれっぽっちも思いつけないのに。

幼女はひとりで気晴らしを見つけ、「マンダレーへの道」を暗誦にかかっていた。ただし第一連しか知らず、限られた知識を最大限に活用して、夢見がちだが実にはっきりした声で際限なくいつまでも繰り返す。続けて二千回も歌えないだろう、と誰かと賭けでもしたみたいだなと独身男は思った。賭けの相手が誰であれ、どうも旗色が悪い。

「さあ、お話をしてあげるからこっちで聞きなさい」独身男に二度も目を向けられ、一度などは非常ベルに目をやられて、とうとう伯母さんが言った。子供たちはしぶしぶ隅っこの伯母さんのほうへ行った。どうやら、お話の名人としてはあまり高く評価されていないらしい。はたして、内緒話じみた小声ではじめた面白くもなんともない話は、子供たちの小うるさいツッコミに何度も中断された。なんでも大変おりこうな女の子の話で、いい子だからみんなに可愛がられ、暴れ牛にやられるところをかねがね感心していた大勢の人に助けられて大団円を迎える。

「ねえ、いい子でなかったら誰も助けてくれなかったの?」独身男が聞きたかった要点を、上の女の子がずばりと突いた。

「うーん、そうねえ」伯母さんが力なく答えた。「だけど、そこまでいい子じゃなかったら、そんなに早くは駆けつけてもらえなかったんじゃないの」

「そんなばかな話、聞いたこともないわ」上の女の子が自信たっぷりに言い切った。

「ぼくなんか初めだけで聞いてないよ、ばかみたいなんだもの」とシリル。

下の女の子はお話の批評はしなかったものの、だいぶ前からまたしてもお気に入りの暗誦をぼそぼそ繰り返していた。

「どうやら、お話がお上手ではないようで」隅の独身男がいきなり声をかけてきた。

思わぬ口撃を食らった伯母はとっさに身構えた。

「子供たちが納得して、しかもためになるお話はほんとに大変なのよ」と声をこわばらせた。

「それはどうでしょうか」と相手に言われた。

「なら、あなたが話してやってくださいな」と伯母がやり返した。

「お話してよ」上の女の子がせがんだ。

「むかしむかし」独身男が始めた。「バーサって小さい女の子がいてね、これが特別製のいい子だった」

せっかく一瞬向いた子供らの興味は、一瞬で萎《な》えた。お話ってどれもこれもそっくりでいやになる、話す人が誰だろうと関係ないのか。

「言いつけは全部守るし、いつも嘘をつかない。いつも身だしなみがよくて、ミルクプディングを出されてもジャムタルトみたいにおいしそうに食べる。勉強は満点、おまけにお行儀がよかった」

「可愛い子だった?」と上の方の女の子が尋ねた。

「君たちほどじゃなかった」独身男が言う。「だけどもう、やんなるくらいいい子でさ」

そう聞いて、お話への興味がにわかに盛り返した。〝やんなるくらい〟と〝いい子〟の組み合わせはいかにも新鮮でリアルだ。伯母さんの話にはこれっぽっちもない現実味がこの話にはありそうだった。

「そりゃもう、いい子でさ」と独身男が続ける。「だから、いい子賞のメダルをいくつももらって、ドレスにピン留めしていつも身につけていた。従順賞のメダルだろ、時間厳守賞のメダルだろ、三つめが品行方正賞だった。どのメダルもずいぶん大きな金属製でね、歩くたびにぶつかりあって鳴る。町中探してもメダルを三つももらった子は他にいなかったから、きっと特別いい子だとみんなにわかるよね」

「〝やんなるくらいいい子〟だね」シリルがさっきの言葉を引用した。

「いい子ぶりがみんなの噂になり、とうとう王子様の耳に入って、そんなにいい子ならすぐ町外れの宮殿敷地内を週にいっぺん散歩していいよとお許しが出た。きれいな場所でね、子供は一人も入れてもらえなかったので、バーサにお許しが出たのは大変な名誉だった」

「敷地内に羊はいた？」シリルが迫った。

「いや」独身男が言った。「羊はいなかったよ」

「ねえ、なんでいないの？」当然の流れで、そういう質問になった。

そら見たことか、と伯母がにやつくも同然になる。

「羊がいなかったのはね」独身男が答えて、「王子様のお母さんが、息子は羊にやられるか、柱時計が倒れてきて死ぬと夢に見たからだよ。だから王子様は絶対に羊を飼わず、宮殿内に柱時計を置かなかった」

ははあ、と感心しそうになるのを、伯母はかろうじてこらえた。

「それで王子様は、羊か柱時計で死んだの？」シリルが尋ねた。

「まだ生きてるんだ、だから夢が本当になるかどうかわからないよ」独身男はしれっと応じて、

「ま、とにかく羊はいなかったが、敷地のそこらじゅうを子豚がたくさん駆け回っていた」

「どんな色？」

「顔だけ白い黒豚、黒ぶちの白豚、全身真っ黒、白ぶちの灰色、真っ白いのもいたなあ」

お話名人はそこでほどよく間を置き、貴重な子豚の情報が子供たちの想像力に浸透したのを見計らって続けた。

「お花がないので、バーサはかなりがっかりした。どんなものでも王子様のお花を決して摘んだりしませんって、眼に涙まで浮かべて伯母さんに約束したんだよ。その約束通りにしようと思ってきたのに、摘もうにもお花がないんじゃ、当然だけど間抜けもいいところだよね」

「ねえ、なんでお花がなかったの？」

「子豚が全部食べちゃったからさ」独身男が即座に応じた。「庭師たちがね、子豚とお花の両方は無理ですよと王子様に申し上げたら、じゃあ豚をとってお花はよしにしようってお決めになったんだ」

王子様の立派なご決断に、感心のつぶやきが起きた。反対の決意をする人なら、それこそ山ほどいるのに。

「でも、きれいなものは他にたくさんあったからね。お池がいくつもあって金色や青や緑の魚が泳いでいるし、木の枝には打てば響くように気のきいた受け答えをするお利口なオウムや、人気の曲を一日中ハミングするハチドリ《ハミングバード》までいる。バーサは隅から隅まで歩きながら一人きりで大いに楽しんでこう思ったんだ。『もしも私が特別いい子じゃなかったら、こんな素敵なところへは絶対入らせてもらえなかったし、こうしていろんなものを見て楽しめなかったのね』歩くたびにあのメダル三つがぶつかりあい、鳴る音ですこぶるいい子だよと思い出させてくれた。ところが、ちょうどそこへ超でっかい狼が、お夕飯に太った子豚を頂戴できるかなあと忍びこんできた」

「そいつ、何色?」子供たちが興味につぐ興味の中でそう尋ねてきた。

「全身泥色に真っ黒な舌、薄灰色の目を何ともいえず凶暴にぎらつかせたやつだ。まっさきに目に入ったのはバーサだった。しみひとつないエプロンドレスが白すぎて、遠くからでも目につくからね、バーサは狼が寄ってくるのを見て、こなければよかったと思い始めた。全速力で逃げたんだけど、狼はものすごくジャンプ力があるからたちまち追いついてくる。ようやくマートルの茂みにたどりついて、いちばん深い茂みに隠れた。狼の方は黒い舌をべろべろさせ、薄灰色の目を怒りにぎらつかせて枝をわけ、鼻をくんくんさせながら近寄ってくる。すっかり震えあがったバーサは思った。『もしも私が特別いい子じゃなかったら、町でのんびりしていられたのにけどマートルの香りがすごくてバーサの隠れ場所がわからないし、やぶもびっしりで姿が見えない。で、狼はさんざん探し回ったあげく、もう諦めて子豚を捕まえに行こうとした。すごく近くでくんくんやられたバーサのほうはすっかり震え上がり、従順賞のメダルが品行方正賞と時間厳守賞のメダルにぶつかってチンチン鳴った。狼はすんでのところでその音を聞きつけ、じっと耳をすました。すると、すぐそばのやぶからまた音がする。やったぜ、と目をぎらつかせて飛びこむや、バーサをひきずりだしてきれいに食っちまった。残ったのは靴一足と服のきれっぱし、それにあのメダル三つだけだったとさ」

「で、子豚は食べられちゃった？」

「いいや、全部逃げたよ」

「出だしはだめだったけど」下の子が言った。「おしまいはすごいね」

「今までで最高のお話だわ」上の子がきっぱり断言した。

「こんないいのは初めて聞いた」シリルも言う。

そこへ伯母の物言いがついた。

「小さい子にそんな不適切なお話がありますか！　これまで何年もかけて注意深く教えてきた

のが全部おじゃんじゃないの」

「ま、とにかく」独身男が手荷物をまとめて下車にかかる。「この子たちを十分間おとなしくさせておきましたからね。あなたよりは上手に」

「ご愁傷さま！」と、おりてテンプルコーム駅のプラットホームを歩きながらつぶやいた。「あの伯母さん、これから六ヶ月ぐらいは人目も場所もおかまいなく、不適切な話を子供らにさんざんせがまれるだろうな！」

（The Story-teller）

鉄壁の煙幕

トレドルフォードはほどよい燠《おき》になった炉端の特等席で、詩集を手に、窓の外のしつこい雨音を心地よく聞きながらのんびりしていた。湿っぽく冷える十月の午後が薄暗く湿った十月の夕方に向かうひととき、クラブの喫煙室のぬくもりがひとしお身にしみる。そんな時こそ慣れ親しんだ風土に別れを告げ、手にした『サマルカンドへの黄金の旅』で異国の天地を満喫できそうだ。心はすでに雨のロンドンを離れ、麗しき都バグダッドの古びた太陽門のそばにいた。そこへ野暮な邪魔だてが、詩集と自分の間にすきま風を吹きこむ。いつでも鵜《う》の目鷹の目で折を狙っているアンブルコープというあの男が、隣の席におさまったのだ。トレドルフォードは同じクラブでこいつとの知遇を巧みに避けて一年と数週間ばかりをしのぎきり、「あるいは海で、あるいは陸で、はたまた人目をくらまして」、これでもかと盛りに盛ったゴルフや競馬や賭けのお手柄吹聴を奇跡的に免れてきたが、猶予期間はそろそろ終わり、もう逃げ道はない。いつなんどき、アンブルコープに話しかけられ――というか、小うるさい吹聴のはけ口と認識されるかわかったものではない、という切迫した状況になってきた。

招かれざるお邪魔虫が盾にするのは『カントリーライフ』誌、読むためでなく、話のきっかけづくりの小道具だ。

「スロスルウィング号の写真はなかなかですな」ぎょろっとした目でトレドルフォードに挑みかかるや一気にまくしたてた。「この馬、往年のイエローステップ号に生き写しです。一九〇三年のグランプリ競馬ですごい記録を樹立したとされる名馬ですよ。いやあ、本当にそっくりですなあ。あれも妙なレース展開でねえ、グランプリはだいたい毎年欠かさず見てますが、この間のは――」

「お願いですから、グランプリの話だけはしないでください」トレドルフォードが必死で言った。「すごく嫌なことを思い出してしまい、身を切られるようです。長くてこみいった事情説明をしないと、とうていわかってもらえませんが」

「ああ、わかりました、わかりました」長くてこみいった話は自分の縄張りだという目つきで、アンブルコープはせかせかとさえぎった。『カントリーライフ』をぱらぱらめくり、高麗雉《こうらいきじ》の写真にわざとらしく気をひかれたふりをする。

「ほう、なかなかいい高麗雉の写真ですなあ」などと声を上げ、トレドルフォードへかかげてみせた。「やぶにもぐられたら面倒ですよ。飛びたってしまうと、撃ちにくいしね。二日連続でいちばん大当たりした猟はたしか――」

「うちの伯母はリンカンシャー州きっての大地主ですが」トレドルフォードがいきなり大げさな声で割りこみ、「雉猟にかけては、前例のない記録を持ってますよ。七十五歳でこれっぽっちも銃は撃てませんが、常になにかしら持ち歩いています。で、撃てないとたった今申しましたが、ときたま狩猟仲間を撃って半殺しにできないとは言いません、嘘になりますから。実際、院内幹事長は伯母と猟へ出るなと与党議員に通達しています。『無用の補欠選挙は望ましくない』という理由もむべなるかなです。で、その時は飛び立った雉を撃ちまして、羽根を一、二枚ぱっとちらして射落としたんですが、そいつが走って逃げだしたんです。叔母にとってはヴィクトリア女王陛下の御即位以来の獲物ですから、当然ながら逃がすわけにいきません。そこで追いかけました。シダの茂るやぶを抜けた雉が平地の畑にさしかかり、叔母が狩猟用ポニーで追いすがります。とうとう雉を追い詰める頃には、狩猟仲間を五マイルほど引き離し、自分の屋敷の方が近い地点まで外れていました」

「手負いの雉がそんなに逃げますかね」アンブルコープがきつい口調で難癖をつけた。

「叔母が言うんですから確かです」トレドルフォードは平然とあしらった。「なにしろ、地元じャキリスト教女子青年団の副団長ですから。あとは三マイルほどポニーを走らせて帰宅しましたが、夕方近くにようやく気づいたら、全員のお弁当をポニーの荷籠に入れていたんですと。ですが、とにかく獲れたことは獲れましたよ」

「手間をかけさせる鳥もいますからねえ」と、アンブルコープ。「魚にもいますね。そういえば一度、エクス川で釣りをしたことがあります。あの川には鱒がたくさんいますよ。大物ではないですが――」

「とんでもない大物もいますよ」トレドルフォードが力説した。「うちの伯父はサウスモルトン司教ですが、アグワーシー付近のエクス川本流のそばにある池で、どでかい鱒に出くわしました。極細の仕掛け針やらミミズやらで手を変え品を変えて日参し、三週間たってもさっぱり埒《らち》があきません。そこで望外のツキに恵まれました。休暇の最終日、池にかかった低い石橋の手すりに貨物自動車《バン》が激突して転覆、けが人はいませんでしたが手すりの一部が壊れ、バンの積荷が傾いてちょっと池に浸かりました。そしたらものの二分で池が干上がり、あとの泥たまりには超特大の鱒がはねています。伯父のほうから池の底へおりていって、がっちり抱えこみました。荷が吸取紙だったんでね、池の水を吸い取っちゃったんですな」

喫煙室が三十秒ほど静かになったので、トレドルフォードはおもむろにサマルカンドの黄金の道へ戻りかけた。が、いち早く立ち直ったアンブルコープが、かなり疲れた声で脱力しながら、

なおも、

「自動車事故といえば、つい先日トミー・ヤービーと北部ウェールズを走っていて危機一髪でしたよ。ヤービーは実にいい人ですなあ、狩りの腕は一流だし——」

「やはり北部ウェールズでしたが、昨年、うちの妹がとんでもない乗物事故で評判になりました。ニネヴェ夫人のガーデンパーティへ出る途中でね。あの季節に地方のパーティといったらニネヴェ夫人のあれぐらいでしょう、妹にしてみればどうしても外せず、一、二週間前に買いたての若駒に乗って出かけました。路上で出くわすものなら機械だろうが自転車その他だろうが、普通に見かける乗り物なら絶対に大丈夫という折り紙つきの馬でね、そのふれこみ通り、いざ乗ってみたらどんな爆音のオートバイでも無気力かと思うほど、どこ吹く風です。ただし、ものには何でも限度がありまして、この馬は巡回動物園がだめだったんですね。妹はむろんそうとは知りませんでしたが、急な角《かど》を折れて駱駝《らくだ》やシマウマの群れ、派手なカナリア色の輸送車数台にいきなり混ざってしまってから嫌でも思い知らされました。犬にひかせた二輪車は溝に横転してめちゃくちゃに蹴破られ、馬は野原をいちもくさんです。妹も馬丁もけががなくて幸いでしたが、あと三マイルほど離れたニネヴェ家のガーデンパーティにどうやってたどりつくかがなかなか難問でね。もちろん行きさえすれば妹のことですから、帰りの足はどなたかに便乗できます。そこへ『なんでしたら、うちの駱駝を二頭ほどお貸しいたしましょうか?』同情した興行主が面白半分にそう持ちかけ、妹はエジプトで駱駝に乗ったことがあったので『そうしましょう』と受けて立ち、乗ったことのない馬丁の反対を押し切りました。そしてなるべく見ばのいい二頭を選び、短時間で許す限りほこりを払って体裁を整え、いざニネヴェ邸へ出発しました。小さいが堂々たるキャラバンが玄関へ乗りつけると、会場の興奮ぶりはご想像いただけるでしょう。ガーデンパーティ全員がこぞって詰めかけ、あんぐり口を開けました。妹はやれやれと駱駝を上手に降り、馬丁もやれありがたやと不器用に降りてきました。近衛竜騎兵連隊のビリー・ドルトンも居合わせましてね、長いアデン勤務のおかげで駱駝関連の言葉なら逆さにでも言えると自負があり、ひとつ、威儀を正した蹲踞《そんきょ》の姿勢をとらせていいところを見せようとしたんですな。あいにくと駱駝の号令は全世界共通語ではありませんで、妹が乗ってきたこいつらは、超弩級のトルキスタン産でした。石ころだらけの峠道をのし歩くのに慣れた品種ですよ。それでドルトンが大声で号令したとたん、横に並んで正面玄関の階段から玄関ホールへ入りこみ、大階段を上がっていきました。そして廊下へ折れたところでドイツ人家庭教師と鉢合わせです。ニネヴェ一家が何週間も献身的に介抱したおかげで、最後にもらった手紙によればなんとか復職できましたが、医者の話だとハーゲンベック心臓症候群の後遺症が残るそうです」

アンブルコープは席を立って場所替えした。トレドルフォードは本を開け、またもやかの海はドラゴンのみどり、かくも昏《くら》く、かくも輝き、大海蛇棲む、わだつみの原に出かけた。そうして三十分ばかり心楽しく想像の世界に遊び、「にぎわうアレッポの門」にたたずみ、小鳥のさえずり声で語る男に聞き入った。やがて、ボーイがご友人からのお電話ですと呼びにきて、現実世界へ引き戻された。

部屋を出がけにアンブルコープとばったり鉢合わせした。やはりそこを出てビリヤード室で不運な相手をなんとか物色し、数限りないグランプリ体験に始まってニューマーケットやケンブリッジシャー競馬談議に持ちこもうという魂胆だったらしい。お先に出ようとした。が、トレドルフォードの胸に芽生えたばかりの矜持がにわかにこみ上げ、やつを手で制した。

「僭越だろう」冷たく片づけた。「クラブ一うざい男の分際で。この私はクラブ一の嘘つきだぞ」

(A Defensive Diamond)

ヘラジカ

テリーザことミセス・スロプルスタンスはウォルドシャー州きっての資産を誇り、こわもての強情さでも州きっての老婦人だ。世間一般へはおおむね女官長と狩猟会長を足して二で割った頭《ず》の高さで接し、物言いもその仕様だった。ご家庭内ではひたすら専制君主、どうもこれといった根拠はなさそうだが、アメリカ政界の親分が子分を睥睨《へいげい》するさまもかくやだった。かれこれ三十五年前に先立たれた夫のシオドア・スロプルスタンスはテリーザひとりに莫大な財産と広大な地所と名画だらけの画廊を残していき、一人息子もその後に亡くした。忘れ形見の孫三人のうち、上の二人はテリーザが絶対認めない結婚のせいで絶縁、今は末のバーティ・スロプルスタンスが唯一の財産相続人として、適齢期の娘を抱えた野心家の母親五十名ほどの興味と関心の的になっている。バーティ本人はのんびりしたおとなしい青年で、勧められれば選り好みはしないが、すぐさまテリーザに反対されそうな相手と無駄な浮名を流す気はない。この人ならば、というミセス・スロプルスタンスのお墨付きが必須なのだ。

テリーザの屋敷のお泊まりパーティは華やかな娘たちと油断のない母親たちがこれでもかというほど花を添えていつもにぎやかだが、招待された娘の誰かが嫁候補の頭角を現そうものなら、テリーザが俄然つぶしにかかる。みなのお目当てがテリーザの財産と領地の相続権である以上、選択権や拒否権を最大限行使して露骨に楽しんでいるわけだ。バーティ自身の好みはまるで問題にされない。どんな人が伴侶でもそれなりに楽しく暮らせるたちなので、祖母のことも生まれてこのかたずっと辛抱してそれなりに楽しんでいる。嫁選びでなにがあろうと、いまさら悩んだり怒ったりするとは考えにくい。

千九百何年かのクリスマス週間、テリーザの屋敷の招待客は例年より少なかった。やはり招かれたミセス・ヨーンレットには、人数が少ないのはいい兆候だという気がした。こっそりと教区司祭夫人に打ち明けるには、娘のドーラとバーティならば絶対お似合いだし、二人一緒の姿をしょっちゅう祖母に見せつけておけばそのうちお似合いだとすりこまれるかもしれない。

「ずっと目の前にあれば、じきに慣れるのが世の常でしょ。仲睦《むつ》まじい二人をずっと見ているうちに、ドーラのよさがしだいにわかってきて、ぜひバーティの嫁にという気になりますわよ」と、ミセス・ヨーンレットは抱負を述べた。

「あのねえ」教区司祭夫人があきらめ口調で、「うちのシビルもバーティと最高にロマンティックな状況で盛り上がったんですけどね——その話、いつかしますわね——テリーザにはさっぱり通じませんの。もう絶対だめだって。ですから、シビルはインド植民地勤務の役人にかたづきました」

「あら、それはそれは」奥歯にもののはさまったような口調で、ミセス・ヨーンレットがもにょもにょと賛成した。「いかにもしっかりした娘さんらしいですわね。ですけど、それでも一、二年はたつんでしょ。バーティもその時よりは歳がいってますし、テリーザだって。そろそろ嫁をと思うようになって当然ですわ」

バーティに嫁を取ろうなんて気がどうやら全くないのがテリーザだと思いつつも、司祭夫人は口に出さなかった。

ミセス・ヨーンレットは采配力ととっさの地力にすぐれていた。それでありとあらゆる計画を立てて他の客たち、いうなればお邪魔虫を全員巻きこんで運動や娯楽にいそしむ一方で、バーティとドーラは二人だけで別途好きにやらせた。つまり、ドーラが好きなように計画を立て、バーティがいそいそ従う。ドーラは教区教会のクリスマスの飾りつけを手伝い、バーティはその手伝いの手伝いをした。二人して、消化不良でスト状態になるまで白鳥に餌をやった。一緒にビリヤードをした。一緒に村の養老院を写真に撮り、敷地内で草を食べる、人慣れしたはぐれヘラジカを敬遠した距離からカメラにおさめた。ただし、この場合の「人慣れした」はとうに人間を恐れなくなったという意味合いで、近づいた人に危害を加える恐れがないというのは、前科からいってもあたらない。

スポーツやゲームや何でもいいからバーティとドーラが二人でやると、ミセス・ヨーンレットはいちいち肝《きも》に銘じ、バーティの祖母テリーザをしかるべく啓蒙しようと宣伝にこれつとめた。「あの二人は片時も離れられないみたいね、自転車の遠乗りからいま帰ってきましたわ」と吹聴する。「絵に描いたみたいにお似合いよねえ、どちらも運動で紅潮して元気いっぱい」「但し書きを要する絵ってわけね」などとテリーザはいつも内心でコメントし、バーティ狙いのそんな手に死んでも乗ってやるものかと、心に決めていた。

クリスマス明けの午後、テリーザが応接間でお客やお茶やマフィンの皿に囲まれていると、ミセス・ヨーンレットが駆けこんできた。これまでこつこつ頑張ってきた母親の小細工に、運命が切り札のごほうびをくれたのだ。興奮に目を輝かせ、声にふんだんな感嘆符を散りばめて大げさに披露した。

「バーティが、あのヘラジカからドーラを助けてくれたわ！」早口のところどころで母性がこみあげて絶句しつつ補足説明するには、行方不明のゴルフボール探索中のドーラを、あの油断もすきもない獣が待ち伏せしていた。あわやの危機にバーティが干草熊手を持って駆けつけ、追い払ってくれたという。

「本当に危機一髪でしたわ！　娘が九番クラブを投げつけても向かってきて、踏み殺されるところでしたのよ」ミセス・ヨーンレットは息をはずませた。

「あの獣は危ないのよ」などとテリーザが言いながら、興奮したお客にお茶を渡した。「忘れたけど、お砂糖は入れるんだったかしら。独身が長びきすぎて、すっかり根性が曲がってしまったのね。マフィンは炉格子に保温してありますよ。でもねえ、私のせいじゃないのよ、ずっとヘラジカのお嫁さんを探そうとしてきたんだから。ねえ、どなたか売るか交換してくれそうな雌のヘラジカにお心当たりはない？」と居合わせた一同に尋ねた。

だが、ミセス・ヨーンレットにはヘラジカの結婚を考えるゆとりはなかった。人間の結婚が先決だ。かねて温めてきた計画に絶好の機会、見送りはあまりにもったいない。

「テリーザ」声に万感こめた。「あの若い二人がこんな劇的な展開を迎えてしまっては、もうこれまで通りの仲ではいられませんわ。バーティはドーラの命を救っただけじゃなく、愛情も手に入れたんだもの。運命で結びつけられた二人だと、誰だって痛感するんじゃないかしら」

「一、二年前にバーティがシビルをあのヘラジカから助けた時、司祭夫人もやっぱりそうおっしゃったわ」テリーザがしれっと言った。「その時はこう言ってあげたの、その数ヶ月前に同じ目に遭ったミラベル・ヒックスを助けたし、その前の一月には庭師の息子を助けているから、それを言ったら結婚優先順位は庭師の息子が一番じゃないかしらって。ほら、田舎じゃ同じことがしょっちゅう起きるでしょ」

「どうも札つきの危険な猛獣みたいね」お客の一人が言った。

「庭師んとこの女房にも同じことを言われたわよ」と、テリーザが淡々と述べた。「さっさと始末してくださいって言われたんだけど、あちらは子供が十一人もいるけど、うちのヘラジカは一頭きりだと指摘してあげたの。黒絹のスカートもくれてやったら、身内に葬式もないのに、まるでおとむらいを出すみたいな気分だって。まあ、とにかく穏便にすませたわ。エミリー、あなたに絹のスカートをあげましょうかとは言えないけど、お茶のおかわりならどうぞ。それに、さっきも言ったように、炉格子でマフィンがあったまってるわよ」

そうやって、ヘラジカの襲撃にあった他の子の親たちより、庭師の女房の方がはるかに話がわかるという内心の考えを巧みに印象づけたわけだ。

「テリーザったらほんとに思いやりがない」後から、ミセス・ヨーンレットは司祭夫人にこぼした。「あわや大惨事を免れたのに、平然とマフィンなんか勧めて座りこんでるんですもの」

「パーティの結婚相手の本命が誰かは、もちろんご存じでしょ?」司祭夫人に言われた。「しばらく前から気づいてましたの。ビケルビー家にいるドイツ人家庭教師ですわ」

「ドイツ人家庭教師！　まあ、途方もない！」ミセス・ヨーンレットが息をのんだ。

「相当の家の出でしょうよ」と、司祭夫人。「だって、影が薄くて控えめな普通の家庭教師と違って、まあ強情で向こうっ気が強いといったら、このへんではテリーザの次ぐらいに強烈な人ですから。いつぞやはうちの主人に、説教にこれだけ間違いがありましたとずらずら並べてましたし、人のいるところで狩猟会長のローレンス卿に犬の扱いを講釈したんですよ。会長の職務に物言いをつけられるとあの通りひどく怒る方でしょ、家庭教師風情にあれこれ言われて発作寸前でしたわ。もちろんテリーザは別として、誰にもそういう態度でね、総スカンを食らってますわ。ビケルビー家もひたすら恐れおののいて、首にもできません。テリーザが自分の後釜にはもってこいだと喜びそうなタイプの女じゃありませんか？　いきなりこの屋敷の女主人におさまってごらんなさい、州全体がどれほどぎくしゃくするか。テリーザとしては、生きて見届けられないのが唯一の心残りでしょうね」

「でも」ミセス・ヨーンレットが反論する。「そのもくろみにバーティは絶対乗り気じゃないんでしょ？」

「そうかしら、あれはあれで結構な美人だし、服のセンスもよくてテニスの名手なのよ。ビケルビー家の屋敷から伝言を持ってしょっちゅう敷地を抜けてきますので、いずれ近いうちに、ほとんどバーティの習慣になりかけてますけどヘラジカから助け出す一幕があって、テリーザが今度こそは運命の出会いだって言いだすはずよ。バーティとしては運命がどっちを向こうが、あまり気にとめないでしょうけど、祖母の意向にそむく気はこれっぽっちもありませんからね」

本能で察知したままを述べる司祭夫人は、その道の権威のような落ちつきがあり、内心ではミセス・ヨーンレットもそう信じていた。

六ヶ月後、やむなくヘラジカは殺処理された。とりわけひどい不機嫌に襲われ、ビケルビー家のドイツ人家庭教師を殺してしまったからだ。土壇場で運命の手が大衆の人気取りに走ったのは皮肉ななりゆきとはいえ、まあとにかく、あのヘラジカはテリーザ・スロプルスタンスのもくろみを未来永劫くじいた唯一の生き物として記録に残ったわけだ。

ドーラ・ヨーンレットはインド植民地のさる役人との婚約を破棄し、三ヶ月前に祖母に死なれたバーティと結婚した――テリーザはあのドイツ人家庭教師がだめになってからあまり長生きしなかったのだ。そして毎年クリスマスになると、若いミセス・スロプルスタンスは広間に飾ったヘラジカの角に特大の常盤木《ときわぎ》を飾る。

「恐ろしい獣だったわ」と、バーティに話す。「でも、いつも思うのよ。私たちが一緒になれたのって、あれのおかげよね」

いうまでもない。

（The Elk）

「はい、ペンを置いて」

「フロプリンソンから届いた品にはもう礼状を出したか？」エグバートは尋ねた。

「出してないわ」ジャネッタがくたびれて切れ気味に、「今日は十一通も書いて、望外のお気遣いに恐縮しますと伝えたけど、フロプリンソンへはまだよ」

「誰かが書かないと」と、エグバート。

「書かなくてもいいとは言わないけど、その誰かは私じゃないほうがいいわ。ぶち切れた難詰状とか手加減しない皮肉の手紙を、しかるべき相手へ向けて書くんなら構わないというか、むしろ望むところだけど。でも低姿勢のお礼状はもう限界。今日十一通、昨日九通とずーっと感謝感激のお手紙を書き続けだもの。座ってもう一通なんて、本気で無理だから。まっ白な灰になるまで燃え尽きたわ」

「ぼくだって同じだけ書いたし、いつもの仕事の手紙がまだそっくり残ってる。それに、そもそも何をもらったか知らないし」

「ウィリアム征服王カレンダーよ」とジャネッタが言った。「征服王の偉大な思索が日に一つずつ引用されたやつ」

「ありえん。一生かかったってあの王に三百六十五も偉大な思索は無理だろう。たとえあっても口に出すもんか。行動派で、考えこむほうじゃなかったんだから」

「うーん、ならウィリアム・ワーズワースかな」と、ジャネッタ。「どこかにウィリアムってあったのは確実だから」

「そっちのほうがありそうだな。さてと、この礼状を一緒に片づけようじゃないか。口述するから書きとめてくれよ。『拝啓　ミセス・フロプリンソン――すてきなカレンダーを頂戴し、ご夫妻のご厚情に恐縮しております。お心にかけていただき、ひとかたならぬご配慮が身にしみます』」

「そんなんじゃ出せないわ」と、ジャネッタはペンを置いてしまった。

「いつもの決まり文句だし、うちへもみんなそう書いてよこすぞ」エグバートが抗弁した。

「二十二日にうちがものを贈ったの。だから、あっちも心にかけないではすまないでしょ、ほかにしようがないんだから」

「なにを？」エグバートがふさぎこむ。

「ブリッジマーカーよ」と、ジャネッタ。「ふたに『王家の鋤《スペード》で一山当てる』とか超くだらない惹句がある紙箱入りの。見た瞬間に、『フロプリンソンだ』とビビっときてね、お店の人に『いくら？』って訊いたの。で、九ペンスと言われたんで、住所を伝えて夫婦共用の名刺をつっこみ、送料こみで十ペンスか十一ペンス払ってめでたく肩の荷をおろしたの。なのに今頃になってお返しなんて、真心をいくらかさっぴいて面倒をしこたま増量してよこしたようなもんだわ」

「フロプリンソン一家はブリッジはしないぞ」と、エグバート。

「そういう社交上の障碍には知らん顔してあげるのが思いやりじゃないかしら」ジャネッタが言う。「失礼じゃないの。それに、あっちだって私たちがワーズワースを喜ぶかなんてわざわざ確かめもしないでしょ？　詩はジョン・メイズフィールドに始まって終わる、と、こちらがかたくなに信奉しているかもしれないのを承知の上で、ワーズワースのひねり出した見本を毎日ひとつずつぶつけられてみなさいよ、むかつくか、げっそりよ」

「いいから、礼状をさっさと仕上げようぜ」と、エグバート。

「続けて」とジャネッタ。

「二人とも大好きなワーズワースとは、さすがのご慧眼です」エグバートが述べる。

またしてもジャネッタがペンを置いた。

「そんなこと書けば、この先どうなるかわかってる？　来年のクリスマスはワーズワースの小冊子、再来年はまたカレンダーを送りつけられ、そのつど穏当なお礼状の文面で同じ苦しみを味わうのよ。そうじゃなくて、カレンダー云々はいったん棚上げして話題を変えてしまうのがいちばんよ」

「でも、どんなふうに？」

「こんなのは？『新年の叙勲名簿をどう思われます？　友人がしゃれた感想を申しておりました』で、思いつくまま適当に書けば。しゃれてなくたって別にいいのよ、フロプリンソン夫婦に違いがわかるわけないし」

「先方の支持政党も知らないんだぞ」と、エグバートが物言いをつけた。「どのみち、いきなりカレンダーの話題回避は無理がありすぎる。なにかしらピリッと知性を感じさせるひとことは絶対外せないいな」

「そうなんだけど、思いつかないじゃない」ジャネッタはげんなりした。「ふたりとも本当に文面ネタ切れだわ。ああっ、いけない！　ミセス・スティーヴン・ラドベリーをきれいに忘れてた。いただきもののお礼状がまだよ」

「どんなもの？」

「忘れちゃった。たぶんカレンダーでしょ」

長い沈黙は、心をへし折られて十中八九「もう知らん」になりかかった人のそれである。やがて、エグバートはなにやら思い決めて腰を上げた。闘志が目にみなぎっている。

「机を使わせてくれ」と、声を高めた。

「喜んで」と、ジャネッタ。「どっち宛をやってくれるの、ミセス・ラドベリー、それともフロプリンソン夫婦？」

「両方違う」エグバートは便箋を引き寄せながら、「全国の先進的な有力新聞の主筆全員宛に、クリスマスから新年の祝日に書簡版神聖休戦といったものを適用してしかるべきだと提言を送ってやる。よほどの緊急時以外、原則として十二月二十四日から正月三、四日までは、書簡を書くのも、もらおうとするのもすべて公序良俗違反扱いにする。招待状返信、列車予約、クラブ会員権更新、ビジネス上の取引、病気、コック雇用など日常生活に欠かせない手続きはむろん平常通りだ。ただし、その時季におぞましいほどの激増をみる時候の挨拶、これについては祝祭気分をいかんなく実現し、その時期ならではの善なる気分に手放しでのんびり浸るために排除すべきだ」

「でも、よそからいただきものをしたら、ひとことぐらいは言わないと」ジャネッタが反論した。「でなきゃ、ちゃんと届いたかどうかもわからないでしょ」

「そんなの当然折り込みずみだよ」と、エグバート。「プレゼントには発送時に必ずチケットを添え、発送日、送り主のサイン、クリスマスなり新年なりプレゼントの趣旨を示すお決まりのマークを明示し、半券の空欄に受取人氏名と届いた日付を記入する。届いたら半券に氏名日付を記入の上、〝衷心の感謝〟や〝望外〟を示す定型マークをつけて封筒に入れて投函すれば、晴れてお役御免だ」

「なんだか簡単で素敵じゃないの」ジャネッタが乗り気になる。「でも、世間には無味乾燥の虚礼と言われそうよ」

「虚礼というなら、現行の方式だって全然変わらんだろう」と、エグバート。「最後のひとかけまで大事に食べるチャトル大佐の極上スティルトンチーズにだって、一瞥もしないフロプリンソンのカレンダーにだって、こっちが出すお礼状は変わりばえしない定型だろう。チャトル大佐に礼状を出すまでもなく、スティルトンが喜ばれたのは先方も承知だし、どんなに美辞麗句を連ねようとカレンダーにうんざりなのもフロプリンソンには百も承知だし、こっちのブリッジマーカーにいくら素敵なお品と書いてこようが、やっぱりうんざりなのは百も承知だよ。さらに言えばだ、スティルトンチーズをいきなり医者に止められたとして、先方がそうと承知で送りつけてきたって、こっちはやっぱり心より御礼申し上げますと折り返し礼状を出すだろうよ。だからさ、上っ面だけなのは現行方式を半券制度にしたってどっちもどっちなんだってば、疲労度と脳への負担は十倍違うけど」

「その方式なら、理想の楽しいクリスマス実現へ着実に一歩近づくわね」

「むろん例外はあるよ、お礼状にいくばくかの本音を出そうと現実に頑張ってる人にはうまくないね。たとえばスーザン叔母さんはいつもこんなふうに書くだろ。『ハムを誠にありがとうございました。昨年いただいたのより味は落ちましたが、昨年だって、とりたてておいしくはなかったしね。ハムも昔のようにはいかないわ』クリスマス恒例のスーザン叔母さんのひとことがなくなるのは残念だが、その程度の損失なんか目じゃないよ」

「それはそれとして」と、ジャネッタ。「フロプリンソンにはなんて書いたらいい？」


（"Down Pens"）

守護聖人日

ことわざに〝冒険は冒険者に訪れる〟と言うが、冒険に不向きな者、内気な者、根っからの小心者に訪れる場合もざらだ。ジョン・ジェイムズ・アブルウェイは天から授かった性質により、スペインのドン・カルロス党の陰謀、スラム一掃作戦、手負いの獣追跡、政治集会での反対修正案動議などから本能的に身を引いてしまう。狂犬なり狂気のムッラー（サイイド・ムハンマド・アブドゥラー・ハサン。母国のソマリア独立運動を指導、英国に反旗を翻した）なりに行き会おうものなら一も二もなく道をあける。学校では外国語教師の要望で不本意ながらドイツ語を選択、旧弊な教授法で現代語を叩き込まれて完璧にマスターした。こんなふうにむりやり貿易主要語を覚えたりしなければ、数年後に秩序ある英国の田舎町より冒険の恐れが高い外地へやられたりすることもなかった。ある日、勤務先で白羽の矢が立ってよくある商用ではるばるウィーンへ出張することになり、出張したらそのままずっと現地に留めおかれ、業務は平凡ながらロマンスや冒険どころか災難の可能性までぐっと身近になったわけだ。しかしながら、ジョン・ジェイムズ・アブルウェイが二年半の外地生活中にかかわった冒険はひとつしかなく、そちらは平穏無事に本国のドーキングやハンティンドンでひきこもり生活をしていたにせよ、早晩起きずにはすまない事件だった。見聞を広めに海外を短期間訪れた同僚の妹で、穏やかで可愛い英国人女性と穏やかな恋をし、やがてその女性の若い婚約者として正式に認められた。さらに一歩進んで、イギリスの田舎町で、彼女がミセス・ジョン・アブルウェイになる日取りを一年先と定めた。その頃には勤務先のウィーン赴任期限が切れるからだ。

アブルウェイがミス・ペニングと婚約して二ヶ月後の四月初旬に、旅先のヴェネツィアから彼女が手紙をよこした。兄に付き添われてあいかわらず海外見聞中なのだが、その兄が仕事でクロアチアのリエカへ一日か二日ほど行くことになったので、ついでにジョンもお休みを取ってアドリア沿岸まで出てきてくださらないかしらと思い立ったらしい。さっそく地図で確かめれば、さして費用のいらなそうな経路だという。もしも自分を大事に思ってくれるなら、という内心の本音が行間の随所にのぞいていた――

アブルウェイは休みを取り、リエカに生まれてこのかたという冒険のおまけがついた旅に出た。ウィーンを出たのは陰鬱な寒い日だった。花屋は春の花であふれ、挿画入りユーモア週刊誌には春の話題が満載なのに、空はショーウインドウで長らく店晒《たなざら》しの綿そっくりなねずみ色の雲がどんより垂れこめていた。

「じきに雪だな」と鉄道乗務員が駅員たちに話し、いつ降ってもおかしくないと全員一致した。はたせるかな、にわかにひどい大雪になった。駅を出発して一時間ちょっとで店晒し綿雲から雪が降りしきり、見通しがまったくきかなくなった。両側から線路をふちどる森はあっというまに分厚い雪のマントに覆われ、電線はきらめく太綱と化し、線路自体もどんどん雪が敷きつめられて隠れてゆく中を、さほどの馬力でもない機関車で行くのがどんどん難しくなる。リエカ－ウィーン線はオーストリア国営鉄道でもとりたてて設備がいいほうでもないので、途中で立往生しないだろうかという懸念がどんどん深刻になる。四苦八苦しながらも動いていた列車の速度がどんどん落ち、手ごわい雪だまりへぶつかってついに止まった。機関車が懸命にあがいて抜け出したものの、二十分たつとまた足止めをくらった。またしても決死の突破ののちにしぶとく動き出したが、雪だまりにぶつかっては突破する繰り返しの間隔はせばまる一方だ。ついに、とりわけひどい雪だまりにいつになく手こずったあげく、アブルウェイの乗っていた車室が大きく揺れたあとは止まってしまったらしい。明らかに動いておらず、機関車の蒸気音とゆるやかな車輪の震動は伝わってくるものの、しだいに弱まって遠ざかるように感じられる。はたと気づいたアブルウェイが大声で悪態つきながらかがんで窓を開け、おもての吹雪を透かし見た。まつ毛に雪がたまって邪魔だが、起きた事態ぐらいは見てとれる。機関車が雪だまりへつっこんだはずみに最後尾車輛の連結器が切れ、身軽になったぶん、あっけらかんと走り去ったのだ。こうしてアブルウェイは、シュタイアーマルクかクロアチアの森のただなかに車輛もろとも置き去りになった。ひとりぼっち、いや、ひとりぼっちも同然だ。そういえば隣の三等のコンパートメントに、途中の小さな駅から乗りこんだ百姓女がひとりいた。「あの女を別にすれば」と、芝居がかった声で誰にともなくつぶやく、「手近な生き物は狼の群れぐらいか」

とんでもないことになったのをその女に知らせようと三等車室へ向かう途中、相手はなに人だろうとあわただしく考える。スラヴ諸語はウィーン駐在中にあれこれかじり、どうにか通じる程度には自信のある言語もいくつかある。

「クロアチア人かセルビア人かボスニア人ならなんとか通じるだろう」と、自分に請け合う。「マジャール人だったらどうしよう！　最初から最後まで身ぶり手ぶりしかないぞ」

三等コンパートメントへ入り、せいぜい頑張ってクロアチア語らしきもので一大事を伝えた。

「列車がちぎれて、置いてけぼりを食らっちまった！」

万事神の御心のまま、という諦め顔で相手はかぶりを振ったが、わかりませんというだけかもしれない。ならばとアブルウェイは同じことをスラヴのいろんな言葉にして、たっぷり身ぶり手ぶりつきで伝えようとした。

「はいはい」とようやく応じた言葉はドイツ語の方言だった。「列車が行っちゃった？　あたしら置き去りかい。あらあら」

アムステルダム市議選の結果を聞かされたも同然の無関心ぶりだ。

「どこかの駅で気がつくでしょ、雪がとけたら機関車をよこすよ。たまにあることでね」

「ここで夜明かしするかもしれないんだぞ！」アブルウェイは声を上げた。

それもありだろう、という顔で女がうなずく。

「このへんに狼は？」アブルウェイがあわててたずねた。

「多いね」と、女。「うちの伯母も三年前、市場帰りにここの森外れで食われちまった。荷馬車の馬も、積荷の子豚も一緒にね。馬はたいがいおいぼれだったけど、豚の子はまるまる太ったきれいな豚だったんだ。やられたって聞いて大声で泣いちまったよ。狼はなんでもきれいに食っちまうから」

「ここを襲うかも」アブルウェイの声がわななく。「こんなマッチ箱みたいな車輌、あっさり破られるよ。おれたちふたりとも食われかねん」

「あんたはそうかもね」女は平然と、「あたしは大丈夫」

「なんでだよ？」アブルウェイが問い詰める。

「あたしの名づけ聖人はクロパの妻マリア（新約聖書『ヨハネによる福音書』中の聖女。聖母マリアの姉妹でイエスの磔刑を見守った女性のひとり）さま、今日はその御方の祝日さ。その日に狼の餌になんて、聖人さまがお許しにならないよ。そんなの思いもようないね。そうなるのはあんたで、あたしじゃない」

アブルウェイは話題を変えた。

「まだやっと昼すぎだ、明朝まで置き去りにされたら飢えてしまうぞ」

「手持ちならある」女は平然としている。「名づけ聖人の日だからね、持ってて当たり前さ。上等の血入りソーセージが五本、町なら一本二十五ヘラーはするよ。町場はなんでも高くつくから」

「一本五十ヘラーで二本買おう」と、アブルウェイは熱心にもちかけた。

「鉄道事故のさなかはなんでもうなぎのぼりさ」と、女。「この血入りソーセージは一本四クローネだよ」

「四クローネ！」アブルウェイがすっとんきょうな声を上げる。「血入りソーセージ一本に四クローネも吹っかけるのか！」

「この車内じゃ、それより安値では売ってないよ」女が、みもふたもない理屈を言う。「ほかに買えるとこはないんだ。アグラム（クロアチアの首都ザグレブの旧名）ならもっと安いだろうし、天国へ行けばおそらくタダだろうけど、ここじゃ一本四クローネ。ほかに売ってあげてもいいのは、エメンタール・チーズ少々、蜂蜜ケーキ一個、パン一切れだね。それでもう三クローネ、全部でつごう十一クローネだよ。切ったハムもあるけど、お祝い用だから譲るわけにはいかないよ」

たって買い取りを所望したら、いくらにつくのかなという気がしないでもないが、事故相場が飢饉相場にならないうちにとアブルウェイはあわてて言い値の十一クローネを渡した。ひきかえにわずかばかりの食料備蓄を受けとるさなか、いきなりの物音に心臓がつぶれて早鐘が鳴る。なにかの獣が一頭以上いるのか、列車の踏み段へ上がろうとして爪が引っかかってこすれる音だ。次の瞬間、凍雪のついた窓ガラスに耳を立てた凄い顔がのぞいた。大きな口から長い舌と光る牙がのぞく。一瞬後にまたひとつ、ぬっと出てきた。

「何百匹もいる」アブルウェイがささやく。「かぎつけられた。いずれ車輛をばらばらにされるぞ。ふたりとも食われる」

「あたしは別さ、名づけ聖人の日だからね。クロパの聖マリアさまが絶対お許しにならないよ」小憎らしいほど涼しい顔だ。

ふたつの頭が下へひっこみ、包囲された車輛が不気味にしんとする。アブルウェイは身動きや言葉をひかえた。ことによると、あの獣どもは中にいる人間の姿や臭いをよくつかみきれず、どこかほかを荒らしに回ったかもしれない。

苦痛で長い数分が、のろのろ過ぎた。

「冷えてきた」女がにわかに言い出し、さっき頭がふたつ並んだ車輛の向こう端へ行ってみた。「もう暖房がきかないよ。ねえ、あの森の向こうに煙の上がってる煙突があるよ。そんなに遠くもないし、雪もあらかたやんだから、あたしは森の小道をたどってあの煙突の家へ行く」

「だけど、狼が！」アブルウェイが声を上げた。「へたすりゃ、あんたが――」

「名づけ聖人の日だよ」女は頑固に言うと、引きとめるまもなくドアを開けて踏み段から雪の中へ出た。アブルウェイは次の瞬間に両手で顔をおおった。不気味な細身の獣がふたつ、森から出てきて女に飛びついたのだ。出て行った自業自得は明らかとはいえ、人間が八つ裂きにされて食われるのを見たくはない。

ようやく目をあけてみれば、度肝を抜かれる不意打ちが待っていた。英国の田舎町で厳しく育てられた身に、奇蹟の目撃者は手に余る。さっきの狼どもは女にじゃれつき、雪まみれにする以外に危害は加えていない。うれしそうな短い吠え声が、事情を察する手がかりになった。

「あれ――犬か？」と脱力する。

「そうとも、従兄のカルルの犬だよ」女が応じる。「森の向こうのあの家はカルルの宿屋さ。場所は知ってたんだけど、あんたを案内するのは気が進まなくてね、よそ者が相手だといつもぼったくるから。けど、こう寒くっちゃ車輛にもいられないし。あらあら見てごらん、きたよ！」

警笛を合図に救援の機関車があらわれ、むっつりと雪を分けて近づく。カルルが本当にぼったくりおやじかどうかは結局わからずじまいになった。


（The Name-Day）

納戸部屋

子供たちは特別にジャグバラの浜へ出してもらえることになった。ニコラスは数に入っていなかった、おしおきだ。ついその朝、蛙が入っているという突拍子もない理由で栄養のあるパン粥《がゆ》を頑として食べようとしなかったからだった。もっと物知りのわきまえある大人たちに、そんなはずはないからばかを言うんじゃありませんと言われても譲らず、突拍子もない主張をし続けてその蛙なるものの色や、まだら模様までこと細かに述べた。意外にも、ニコラスのボウルには本当に蛙がいた。自分で入れたのだから詳しくて当然と思っている。庭の蛙をパン粥に入れるなんて本当にろくでもないと長いお説教を食らったが、もっと物知りのわきまえある大人たちだって、絶対確かだと言っておきながら大間違いをやらかすではないかという感はぬぐえない。

「伯母さんは言ったじゃないか、ぼくのパン粥に蛙なんか絶対いないって。でも、いたよ」有利な足場を絶対に譲らない百戦錬磨の策士みたいに、それればかりをしつこく繰り返した。

おかげで従兄も従妹も、面白みのかけらもない弟も午後からジャグバラへお出かけ、ニコラスだけがお留守番だ。元を正せば従兄妹たちの伯母なのだが、勝手な想像でニコラスたちにも伯母さん面《づら》している人の急な発案で決まった遠足だった。朝食にあんな悪さをしたおかげで楽しみがふいになったとニコラスの心に焼きつけるのが目的だ。それがこの「伯母さん」の癖で、子供たちの誰かが悪さをするとさっそく楽しい余興を思いついて、その子だけをのけ者にする。子供たち全員でやらかすと、いきなり降ってわいたように隣町に来たサーカスに象が数え切れないほどいて断然面白い、ほんとは今日にでも連れて行くはずだったのに、などと言い出すのが常套手段だ。

みんなの出がけには、さすがのニコラスもいくらか泣くだろうと思われた。が、あにはからんや、泣いたのは馬車の踏み段で膝がしらをすりむいた従妹だけだった。「あの子、派手に泣いたねえ」遠足に似合わず、陽気さのかけらもなく馬車が行ってしまうと、ニコラスがあっけらかんと言った。

「すぐ泣きやむわよ」自称伯母さんが、「すてきな午後だもの、あのきれいな砂浜を駆け回るにはもってこいよ。さぞ楽しいだろうね！」

「ボビーはあまり楽しくないし、あんまり駆け回らないいんじゃないかな」ニコラスは小気味よさそうにクスッと笑った。「靴がきついから」

「そんならそれで、なぜそう言わなかったの？」伯母さんが少しつっけんどんに言った。

「ボビーは二度言ったよ、けど伯母さんが聞いてなかったんだ。大事なことをよく聞き落とすじゃない」

「グーズベリー園へ入っちゃだめよ」と伯母さんは話を変えた。

「なんで？」ニコラスが聞き返す。

「おしおきよ、悪さしたから」伯母さんが頭ごなしに言う。

筋が通らない理屈だとニコラスは思った。悪さしたからってグーズベリー園と両立できない理由はどこにもない気がする。その顔にかなりの負けん気があらわれた。伯母の目には意地でもグーズベリー園に入る気なのが丸わかりだ。「しかも」と心の中でつぶやく、「だめだと言われたせいで意地になってるのね」

さて、グーズベリー園に入るドアは二ヶ所あり、ニコラスのように小柄な人間なら、よく茂ったアーティチョークやラズベリーなど、実のなる灌木に隠れてしまえる。伯母さんは午後からいろいろ用事があったのに、一、二時間も花壇や植え込みで不要不急の手入れをした。そこにいれば、禁断の楽園の入口に二ヶ所とも目配りできるからだ。思いつきに乏しいかわり、思いこむとすさまじい執念を発揮するのが伯母さんの持ち味だった。

ニコラスは前庭へ一度か二度出て、ひとつ、もうひとつとドアへ露骨に忍び寄る気配をみせたが、どっちのドアにも伯母の目が片時も離れずに光っている。実をいうとグーズベリー園へ入る気はまったくないのだが、そう思わせておいたほうがすこぶる好都合だった。そうすれば伯母は歩哨役を買って出て、午後の大半はそこを動くまい。伯母の疑惑をきっちり固めて補強してやってからこっそり家へ戻り、ニコラスはかねてあたためてきた計画を急いで実行に移した。椅子に上がれば手の届く書斎の棚に、見るからに大事そうな太い鍵がある。見かけ通り大事なものだ、これこそ、伯母さんはじめ一部の特権階級しか入れない納戸《なんど》部屋にいくつもしまわれた秘密を、無用の侵入者から防ぐ手だてなのだから。鍵を鍵穴へさして回し、錠をはずす技にはあまり経験がなかったが、教室の鍵でこの数日ずっとお稽古しておいた。幸運と偶然をあまりあてにしないたちなのだ。鍵をさすと固いがいちおう回り、ドアの向こうに未知の国が開けた。この部屋に比べれば、グーズベリー園などただの即物的でありふれたお楽しみだ。

子供たちからひた隠し、なにを尋ねても教えてくれないあの納戸部屋っていったいどんなところだろうと、ニコラスはこれまで幾度となく思い描いてきた。中は期待通りだった。まず広くて薄暗く、禁断のグーズベリー園へ向いた高い窓が唯一の明かり取りだ。第二に、夢も及ばないお宝がいろいろしまってあった。物は使えば傷むと思い、ほこりや湿気まみれで死蔵しておくのが自称伯母さんのような人たちだ。屋敷内でいちばんニコラスがなじんだ場所はどこもがらんとして辛気《しんき》くさいのに、ここは目の保養になる逸品だらけだった。まっさきに目をひいたのは炉衝立《ついたて》とおぼしい額《がく》仕立てのタペストリーだ。ニコラスには生き生きした一篇の物語に見え、分厚いほこりの下に鮮やかな色がのぞくインド産の壁掛けを巻いたものに腰をおろして、そのタペストリーにすみずみまで見とれた。大昔の狩猟服の人物が、鹿を射止めた瞬間の場面だ。わずか二、三歩の距離から矢を命中させるので、難しくなかったらしい。こんもり茂った植物らしいものも描かれ、食事中の鹿にやすやすと忍び寄れただろうと思わせるし、ぶちの猟犬二匹がやはり鹿を追ってはいるが、射るまで出ないようにしつけられているらしい。そこまでの構図は面白くても単純だったが、全力で森を駆ける狼四頭がニコラスには見えているのに、あの狩人には？　森の木陰にひそむ狼は四頭どころじゃなさそうだし、どのみち襲われたら狩人と犬二匹だけで防ぎきれるか？　矢筒にはもう二本しかないし、一本、あるいは二本とも外れたりするかもしれない。ばからしいほど至近距離から大きな鹿に命中させたぐらいしか腕前はわからないのだ。さあ、これからどうなる？　ニコラスはいろいろ思い巡らしながら何分間も夢中でその絵に見入った。どうも狼は四頭以上いそうだし、狩人も犬たちも絶体絶命らしい。

だが、面白くて楽しい品はほかにもあり、すぐそっちへ目を奪われた。うねる蛇をかたどった燭台、中国あひるの急須は開いたくちばしからお茶を出すという趣向だ。あれに比べれば子供部屋のティーポットなど、どれだけ野暮ったくてつまらないか！　彫りを施した白檀の箱にいい匂いの綿がぎゅう詰めにされ、そのすきまに小さなこぶ牛や孔雀や悪鬼の真鍮置物が納めてあり、見た目も手触りもわくわくする。あまり面白くなさそうな黒い正方形の大型本があったので、なんの気なしにのぞいてみて目が釘づけになった。鳥の彩色図がふんだんに載っている。しかもすごい鳥ばかり！　庭や散歩に出る小道にも少しは鳥が来るとはいえ、せいぜいでたまにカササギや山鳩ぐらいなのに、この本には青鷺、野雁、鳶《とび》、オオサイチョウ、アフリカトラフサギ、ヤブツカツクリ、トキ、金鶏と、夢も及ばないような珍しい鳥たちが勢ぞろいしている。色鮮やかな鴛鴦《おしどり》に見とれながらその生態に思いをはせていると、いもしないグーズベリー園から出ておいでとニコラスを呼ぶ伯母さんの甲高い声がした。長らくニコラスの姿が見えないので疑念がつのるあまり、ライラックの茂みに隠れて塀を乗りこえたのだと一足飛びに早合点し、アーティチョークやラズベリーの間をむだに苦労してせっせと探し回っているのだ。

「ニコラス、ニコラス！」と金切り声を上げる。「すぐ出ておいで。隠れたって無駄よ、ずっと見えてるんだからね」

あの納戸部屋で誰かがにっこりしたのは、おそらく二十年ぶりだったのではないか。

やがて、怒ってニコラスを呼ぶ声が悲鳴に変わり、誰か早く助けてという大声になった。ニコラスは本を閉じて丁寧に元通りの片隅へ戻すと、手近な新聞紙の山からほこりをすくって本の表面にかけておいた。やがて忍び出てドアに鍵をかけ、鍵を元通りの場所へ戻しておいた。その上でのんびり庭へ出て行くと、伯母さんはあいかわらずニコラスを呼んでいた。

「だあれ？」と尋ねた。

「私よ」塀の向こうで声がする。「声が聞こえないの？　グーズベリー園でおまえを探す途中で足がすべって、雨水受けのタンクへ落ちたの。さいわい水はなかったけど、側面がつるつるで上がれないのよ。桜の木陰にある小ばしごを取ってきて――」

「グーズベリー園へ入っちゃいけないと言われてるんだ」ニコラスが即答した。

「前はそう言ったけど、今は入っていいってば」雨水タンクから、かなりいらだった声がした。

「その声は伯母さんっぽくない」ニコラスがやり返した。「ぼくをそそのかして、言いつけを破らせようとしている悪魔じゃないのか。悪魔のささやきにいつも負けるって、伯母さんによく言われるんだ。今度こそ負けるもんか」

「ばか言わないで」タンクの囚われ人が、「さっさと、あのはしごを取ってきなさい」

「お茶にいちごジャムが出る？」ニコラスが無邪気そうに尋ねた。

「絶対出るよ」と口では言いながらも、ニコラスには出してやるもんかと思い決めた。

「そらみろ、やっぱり伯母さんじゃなくて悪魔じゃないか」ニコラスは大喜びでどなった。「昨日、伯母さんにいちごジャムをちょうだいと言ったら、もうないよって。だけど戸棚に四瓶しまってあるのは知ってる、見えたからね。もちろんおまえも知ってる。でも伯母さんは知らない、もうないよって言ってたもん。やーい悪魔め、自分で正体バラしちゃった！」

伯母さんを悪魔扱いできるのは非日常の贅沢ではあるが、子供なりにそんな贅沢に耽《ふけ》りすぎてはいけないというわきまえがあった。それでニコラスはわざと足音をたててそこを離れ、伯母さんはパセリを取りにきた台所女中にようやく助け出してもらった。夕方のお茶では空恐ろしいほどみんな無口だった。遠足組の子供たちがジャグバラについてみればちょうど満潮時で、遊ぼうにも浜辺がない――見せしめの遠足をあわてて計画した伯母さんのうっかりミスだ。ボビーは靴がきつくて午後中ずっと機嫌が最悪だし、子供たちみんな、お世辞にも楽しかったとは言えなかった。雨水受けのタンクで罪科なく三十五分間の留置を食らった伯母さんは氷のように冷たく黙り続けた。ニコラスもやはり黙っていたのは、考えごとが山ほどあったからだ。狼どもに仕留めた鹿を食われるすきに、狩人と猟犬たちはまんまと逃げおおせたかも、などと。

（The Lumber Room）

毛皮

「どうしたの、心配そうな顔して」エリナーが言った。

「心配なんだもの」シュザンヌは認めた。「それとはちょっと違うかな、不安ね。だってわたし、来週が誕生日だから――」

「いいなあ」エリナーが口を出した。「わたしなんか三月末よ」

「でね、バートラム・ナイトって人がちょうどアルゼンチンから来てるの。母方の遠縁みたいなもんだけど超大金持ちだから、うちじゃ親戚づきあいを絶やさないようにずっと気をつけてるわけ。たとえ何年ご無沙汰しても、向こうがくればいつもバートラム従兄《にい》さん扱いよ。これまではこれといってお役に立ってもらってないけど、昨日、わたしの誕生日の話が出たら、プレゼントに何がほしいか教えてくださいって」

「そっか、それは不安よねえ」とエリナーが言った。

「この手の話はいつもそうだけど」とシュザンヌ。「いざとなるとさっぱり思いつかない。ほしいものなんかこの世にひとつもないみたいよ。今ちょうど、たまたまケンジントンのあるお店で見かけてすごくいいなと思ったドレスデン磁器の可愛い人形があるの。三十六シリングくらいするから、お小遣いじゃとうてい手が出ない。もう少しでその人形とお店の住所を教えそうになったの。で、はたと気づいたのよね、あんなお金持ちにたかだか三十六シリングなんて、バースデープレゼントには笑っちゃうようなはした金じゃない。たとえ三十六ポンドでも、わたしたちがスミレの花束を買う程度よ。もちろん欲張るつもりはないけど、せっかくだから無駄にしたくもないし」

「わからないのはね」とエリナー。「プレゼントにどんな心づもりをする人なのかしら？　最高にお金があっても、プレゼントとなると妙にしみったれた人っているわよ。どんどんお金持ちになるにしたがって生活の要求水準も相応に上がっていくのに、人に物をあげる本能だけはずっと据え置きの人は多いんだから。お店に行けば、見ばえのわりにお安いものだけが申し分ないプレゼントだと思って、そればっかり見て回るのよね。だからけっこうな高級店のカウンターやショーウインドウでは、四シリング程度なのに見た目が七シリング六ペンスぐらいの品に十シリングの正札をつけ、季節のご贈答品とか銘打ってあるじゃないの」

「そうなのよ」とシュザンヌ。「だから、なにがほしいと言われてお上品にお茶を濁してると、そういう目に遭いかねないわけ。かりにこう言ったとするじゃない。『この冬はダボスへ出かけますので、旅先で使うお品でしたらなんでも』そしたら純金の留金つきパーティバッグをくれるはずが、ベデカーの『スイス案内』とか『サルでもできるスキー術』とかなんかの本をくれたりして」

「『たくさんダンスパーティがあるだろうから、扇なんか重宝するんじゃないか』とか言われるほうがありそう」

「そうよね、扇はトン単位で持ってるもの、危険と心配はまさにそこだわ。でね、今ほんとに切実なのは何より毛皮なの。ほんとに一枚もないんですもの。ダボスってロシア人だらけなんですって。きっと最高級の黒テンとかを着てるに決まってるわ。毛皮ずくめの人たちの中へ毛皮なしで出たら、それこそ十戒をあらかた破りたくもなるわよ」

「毛皮がお目当てなら」とエリナーに言われた。「つきっきりで選ばなくちゃ。もしかすると、おたくの従兄さんにはシルバーフォックスとお安いリスの見分けもつかないかもよ」

「ゴライアス・アンド・マストドン百貨店に、最高級のシルバーフォックスのストールがあるの」シュザンヌはため息まじりに、「うまくバートラムを誘いこんで、毛皮売場をそぞろ歩いてもらえたらいいのに！」

「その人の滞在先はどっかあの辺じゃないの?」とエリナー。「ふだんはどう過ごしてるか知ってる? 散歩に出る時間とかは決まってるの?」

「晴れてれば、いつも三時ごろにクラブへ歩いて行くわ。ゴライアス・アンド・マストドンのまん前を通って」

「だったら明日わたしたちふたりで、あの通りの角でその人と偶然出くわしましょ」と、エリナーが言い出した。「ほんのしばらくご一緒して、ツキがあればうまく店内に寄り道させられるはずだわ。ヘアネットか何かを買いたいって言い出せばいいんじゃない? で、ちゃんと店内へ入ったら、わたしがこう言うの。『バースデープレゼントになにがほしいか、教えてもらいたいんだけど』そうなればお膳立てはひととおり揃うでしょ——お金持ちの従兄さん、毛皮売場、バースデープレゼントの話題」

「名案だわ」とシュザンヌが言った。「あなたって本当にいい人ね。じゃ、明日、三時二十分前にね。遅れないでよ、めざす相手を分刻みで待ち伏せしなくちゃ」

翌日の午後二時五十五分を回ったころ、毛皮目当ての伏兵二名はめざす街角へ油断なく向かっていた。間近にそびえ立つのが有名百貨店ゴライアス・アンド・マストドンの威容だ。どこまでも晴れわたった午後、いささか年輩の紳士ひとりが運動がてらちょっとのんびり歩いてこようかという気を起こすには格好のお日和だった。

「あのね、よかったら今晩ちょっと頼まれてくれないかしら」エリナーが連れに話す。「夕食後に何か口実を作って、うちでアデーラや伯母さんたちと四人でブリッジをしてくれないかな。でないとわたしがブリッジの相手をしなくちゃいけなくなるけど、九時十五分にハリー・スカリスブルックがふらっと立ち寄る予定だから、あとの人にはブリッジをやらせておいて、今日だけはどうしても二人きりでゆっくり話しておきたいことがあるの」

「あっごめん、悪いけど無理」シュザンヌは言った。「百点三ペンスの平凡なブリッジ、しかもおたくの伯母さんたちみたいにぞっとするほどのろい人たち相手じゃ、もう退屈で涙が出ちゃう。途中で寝そうになるわよ」

「でも、今日という今日だけは、本気でハリーと話せる機会を作らなきゃだめなのよ」エリナーが目を怒らせながら食い下がった。

「ごめんねー、なんでもするけど、それだけは無理」シュザンヌはあっけらかんと言った。友への献身はなるほど美しいが、ただし自分に求められない場合に限る。

エリナーはそれ以上は言わなかったが、口角がおのずと険しくなった。

「ほら、あの人よ！」シュザンヌが不意に声を上げた。「急いで！」

バートラム・ナイト氏は従妹と友人に気さくに挨拶し、すぐ目の前の混雑したデパート探検へ誘われると快諾した。厚い板ガラスのドアが景気よく開き、三人連れだって買物やひやかしの客

でごった返す店内へ思い切りよく突進していく。

「いつもこんな人出かい?」バートラムがエリナーに尋ねた。

「多少の波はありますし、ちょうど今は秋のセール中ですから」と応じた。

シュザンヌのほうはめざす毛皮売場という港へ従兄を誘導する気まんまんでいつも数歩前を歩き、あとの二人がたまにどこかの売場に惹かれてぐずぐずしていると、初めて遠くへ飛ぶ雛《ひな》を励ますミヤマガラスの親鳥みたいな心配顔で逆戻りしてきた。

「次の水曜日がシュザンヌの誕生日なんですよ」これまでになくシュザンヌが遠ざかったのを見すまして、エリナーはバートラムに打ち明けた。「前日がわたしの誕生日なので、お互いにプレゼントを探しているところです」

「そうですか」と、バートラム。「じゃあ、ちょうどいいから相談に乗ってもらおうかな。シュザンヌになにかあげたいんだが、どういうものがほしいのか、さっぱり見当がつかなくてね」

「かなり大変ですよ、人がプレゼントに思いつきそうなものはたいてい持ってますもの、うらやましい。でも扇なら、まず外れはありません。今年の冬はダボスでたくさんダンスパーティがあるでしょうし。扇ならきっといちばん喜ばれますよ。誕生日のあとで毎年二人で、お互いもらったプレゼントを見せ合いっこするんですけど、いつも穴があったら入りたくなります。彼女がもらうプレゼントはどれもこれも素敵でしょ？　わたしなんか人前に出せるような品だったためしが一度もないんです。だってね、親類やプレゼントをくださるような間柄に裕福な方がひとりもいないので、誕生日を覚えていてくれたというおしるし程度で御《おん》の字ですわ。二年前、母方の伯父に遺産が少々入りましてね、バースデープレゼントにシルバーフォックスのストールを買ってやろうって約束してくれました。どれだけわくわくしたか、好きな人にも嫌いな人にももれなく見せびらかそうって思い描いてました。そしたらちょうどその時期に、伯父が連れ合いを亡くしてしまいまして、むろん気の毒にがっくり気落ちしてバースデープレゼントどころじゃなくなりました。それっきり外国に行ってしまいましたので、わたしは毛皮を持ったためしがないんです。今でもシルバーフォックスがショーウインドウにあったり、誰かがかけていたりすると、わっと泣き出しそうになってしまいます。なまじ買ってもらう約束なんかしなければ、そんな思いをしなくてすんだんでしょうけど。ほら、左手のあれが扇売場です。あなたなら人混みをすりぬけるのはお楽でしょう。なるべくいいのを見繕ってあげて——ほんとにいい子なので」

「いたいた、はぐれちゃったかと思った」シュザンヌが買物客の人ごみをかき分けてくる。「バートラムは？」

「とうに離れたわよ。二人で先へ行ったんだとばかり」とエリナー。「こんな中じゃ、とうてい見つからないわ」

結局、その通りになった。

「あんなに手間ひまかけて打ち合わせたのに、全部むだになった」売り場を六ヶ所ばかり回って無駄骨に終わると、シュザンヌがそう言ってむくれた。

「だったら、どうしてしっかり腕をつかんでおかなかったのよ」とエリナー。「もっと前からの知り合いだったら、わたしがしっかりつかんでおいたんだけど。でも、紹介されたてだったから。あら、そろそろ四時ね、お茶にしたほうが」

数日後、シュザンヌがエリナーに電話してきた。

「写真立て、どうもありがとう。ちょうどほしいと思ってたの。いつも悪いわね。ねえねえ、あのナイトって人がなにをくれたと思う？　あなたが言った通りになっちゃった——扇なんかよ。

え？　ああ、まあね、扇としてはそれなりにいいものよ、でも……」

「わたしにもプレゼントをくださったわ、絶対見にきてね」エリナーの声が受話器越しに聞こえた。

「あなたに！　なんであなたにプレゼントなんかするの？」

「お従兄さんは奇特なお金持ちのようね、人にいいものを贈ってくださるのが楽しいなんて」が返事だ。

「どうして、あの人の住所をあんなに知りたがるのかと思ったら」電話を切ったシュザンヌが、ひとりで腹を立てる。

若い娘ふたりの友情には雲がわだかまった。ことエリナーに関する限り、その雲の裏はシルバーフォックスの毛皮つきだ。

（Fur）

慈善志願者と満足した猫

　ジョキャンサ・ベスベリーは巡り合わせのありがたみをつくづく噛みしめていた。ただでさえ楽しい世の中が、腕によりをかけてとびきり楽しい面ばかりを見せてくれようとしている。グレゴリーがなんとか急ぎの昼食をとれるように帰宅し、食後の一服をこの小さな居間でふかした。昼食のできもよく、コーヒーと煙草をちゃんと楽しむ余裕をみて出された。コーヒーも煙草もそれぞれに上等、グレゴリーもそれなりに上等な夫だ。どうやら自分も夫には可愛い妻らしいし、行きつけの婦人服屋が一流なのはどうやらでなく確実とみていい。

「チェルシー中でこれより満足な人はまずいないでしょう」などと暗に自分をさして、「アタブは別だろうけど」と、ソファの隅でまったりする大きな虎猫を一瞥した。「あんなふうに寝そべって喉を鳴らして夢を見て、たまに、さも気持ちよさそうにクッションの上で手足を動かして。

全身が柔らかい絹とベルベットで、どこもごつごつしてなくて、〝自他ともに寝かせておけ〟を信条に夢を見るのが仕事みたい。それでいて、日暮れ時には目をらんらんとさせて庭へおりて、寝入りばなの雀を仕留めるんだから」

「雀のつがいは年に十羽以上も雛《ひな》を孵《かえ》すが、餌になるものの量は横ばいだ、界隈のアタブたちが午後の気晴らしにそんな気を起こすぐらいでちょうどいいんだよ」これはグレゴリーだ。こんなふうに考え深いところをみせて煙草をもう一本つけると、ふざけ半分に愛情をこめた出がけの挨拶をして、おもての世界へ出ていった。

「忘れないで、今夜の夕食はちょっぴり早めよ。後で一緒にヘイマーケット劇場へ行くんだから」と、見送って声をかけた。

一人きりになると、ジョキャンサはおだやかな内省の目でひきつづき自分の暮らしをとらえ直しにかかった。現世で望むものすべてとまではいかなくても、これまで手に入れてきたものは少なくとも申し分ない。たとえば、この居間は居心地のよさ、お上品さ、お金のかかった感じをなんとか申し分なく実現している。きれいな珍しい磁器、暖炉に映える中国七宝細工、絨毯、壁掛けのどこをとっても豪奢な色使いがしっくり決まっている。大使や大主教をお迎えするにふさわしい格式を備えていながら、スクラップブック用の写真を切り抜いて散らかしても、部屋の守り神を粗末にしたような後ろめたさはない。居間のたたずまいは家の残り部分にも通じ、家のたたずまいはジョキャンサの他の生活面にも通じている。チェルシーきっての満足な人を豪語するだけの理由はちゃんとあるのだ。

あふれんばかりの幸せ気分からそうでない人たちへ思いを致し、鷹揚《おうよう》に憐れんだ。暮らしの内外ともに安っぽく灰色で、楽しみもない空疎な人生を送るお気の毒な人は世間にごまんといる。着の身着のままの呑気な貧民の境涯も、優雅なお金持ちの気ままさも味わえない階級に生まれて、会社勤めや店の売り子なんかをしている若い女たちにとりわけ不憫《ふびん》の念がわいた。思うだけでも悲しくなるではないか、あたら若いさかりに一日中働いたあとは凍えるような暗いねぐらに一人つくねんとしているしかないのだ。食堂のコーヒーやサンドイッチにも手が届かず、ましてや一シリング出して天井桟敷で観劇する懐の余裕がないせいで。

そんな思いに占領されて、漫然と午後のショッピングに出た。一人二人でいいから人恋しくて素寒貧《すかんぴん》の労働者階級に思いつきでなにかしてやり、砂を嚙むような日々に少しでも華を添えれば、この気持ちもかなり静まるのではないかと自問自答する。そうすれば、今夜の芝居もよけい心置きなく楽しめるだろう。評判のいいお芝居の天井桟敷を二枚買ってどこかの安喫茶へ寄り、誰でも目についた勤労女子二人とさりげなく雑談ついでに進呈しよう。〝行けなくなったのであげるわ。むだにするのもいやだし、払い戻しは億劫だから〟とでも言えばすむ。さらに思案を巡らして、券は一枚でいいか、つましい食事をしているおひとりさまの娘にでもやれば、芝居で隣り合った誰かと長い付き合いのきっかけ作りにはそのほうがいいかもねと路線変更した。おとぎ話の〝妖精の名づけ親〟衝動に駆られて前売券売場へ突進し、現在かなり物議をかもしている芝居の『黄色い孔雀』を慎重に選んで天井桟敷を一枚買った。お次は利他主義の対象の目星をつける喫茶店探しで、時刻はちょうどアタブが雀狩り散策を視野に入れだしたころだった。ABC喫茶店の片隅にテーブル席を見つけ、隣のテーブルが若い娘一人だけだったので即決した。娘の器量はあまりよくない。どんよりした疲れ目、一人ぼっちの寂しさを無言で全身ににじませている。服はみすぼらしい素材ながら流行は追っている。髪はきれいだが顔色は悪い。紅茶とスコーンのつましい食事をそろそろ食べ終えるころで、まさにその瞬間、ロンドン市内の喫茶店でやはりそんなふうに似たりよったりの紅茶とスコーンの食事を食べ終え、あるいは食べ始め、食べる最中の娘たちは何千人もいる。『黄色い孔雀』を一度も観ていないとあてこんでもまず外れっこない。場当たり慈善の足慣らしにはどうやらもってこいの素材だ。

紅茶とマフィンを注文したジョキャンサは隣席と目を合わせにかかり、他意なく詮索の目を向けた。まさにその時、娘がにわかに嬉しそうになって目がきらめき、頬に血がのぼって美人に近づいた。「まあ、バーティ」優しく声をかけられた相手の若者がやってきて、さしむかいで座る。ジョキャンサは目が離せなくなった。自分より数歳下だろうか、見た目はグレゴリーよりはるかにいいし、実を言えば仲間内の誰よりいい男だ。おそらく大きな問屋の事務員でもしているせいで品がいいのだろうし、雀の涙ほどのお給料を精一杯やりくりして生活と余暇にあて、お休みなど年に二週間ぽっちだろう。むろん自分の容姿は意識しているが、控えめなアングロ・サクソン風なのでラテン男やセム系ほど押しが強くない。話しぶりから相手の娘に気を許しているのは明らかで、もしかすると正式な婚約へ向かう途上かもしれない。若者の家族が目に見えるようだ、家族ぐるみの付き合いはごく狭い範囲に限られ、口うるさい母親に夜はどこで何をして遅くなったかといつも詮索される。そうしていずれは単調な隷属生活を脱して家庭を構え、ポンドやシリングやペンスの慢性不足や、すてきな暮らしに欠かせない品々をおおむね欠いた人生を送るというわけか。ジョキャンサはその若者が気の毒でならなくなった。『黄色い孔雀』はもう観たかしら、一度も観ていないとあてこんでもまず外れっこないでしょう。娘はもう軽食をすませ、じきに仕事へ戻っていくはずだ。若者だけになったら、ジョキャンサがこんなふうにもちかけるのはわけもない。「今晩、夫がほかの予定を入れてしまいまして。おいやでなければこの券をお使いいただけません？　でないと、むだになってしまいますの」で、またいつかの午後にこの店で見かけたら、芝居の感想を尋ねてみよう。相手の人柄がよく、付き合いだしてさらにいいところが増えればまたお芝居の券をあげてもよし、日曜日にチェルシーの家へお茶に呼ぶのも一興かもしれない。付き合いだしてさらに良さが増すタイプの人なのは絶対だし、夫も気に入るはずだ。〝妖精の名づけ親〟事業は当初の予想よりはるかに面白くなりそうだった。この若者はどこへ出しても恥ずかしくない。人まねの才能があるのかもしれないが、髪もきちんとしている。ただの当てずっぽうで選んだにせよ、ちゃんと似合う色のネクタイをしめている。むろん、まぐれでそうなったにせよ、実にジョキャンサの好みのタイプだ。やがてほっとしたことに、店内の時計を見た娘があわてて気さくに別れを告げて出ていく。バーティはうなずいて応じ、紅茶をがぶ飲みしてオーバーのポケットからやおらペーパーバックを出した。本の題は『インド傭兵《セポイ》と英人支配層《サヒブ》、大暴動物語』だ。

　目を合わせもしないのに、知らない人にいきなり観劇券を進呈しようと申し出るのは喫茶店のマナーとして絶対にまずい。砂糖入れを取ってもらえませんか、あたりが順当なきっかけ作りだが、まずは自分のテーブルに中身たっぷりの大きな砂糖入れがあるという事実をあらかじめ隠蔽してからにしよう。なにも難しいことはない。各テーブルにはふつう、ほぼテーブル大の印刷メニューを立てかけておいてあるのだから。ジョキャンサは期待をこめてとりかかった。まず、どこも悪くないマフィンにわざと難癖をつけ、わりあい高めの声でウェイトレスとずいぶん押し問答したかと思うと、ずいぶん遠い先の郊外まで地下鉄があるだろうかと泣きそうな声で聞こえよがしにいろいろ尋ね、店の子猫に実にわざとらしく話しかけ、いよいよ最後の切り札に、ミルク入れをひっくり返してお上品に悪態をついた。おかげでずいぶん注目を集めたのに、あのみごとな髪型の青年は脇目もふらずに数千マイルかなたでヒンドスタンの灼熱の原野、無人のバンガロト群、バザールの賑わい、兵営広場の喧騒に没入し、遠いマスケット銃やトムトム戦鼓に聞き入っていた。

ジョキャンサはチェルシーに帰宅し、ごてごてした退屈な家だと初めて思った。どうせグレゴリーは夕食でもさっぱり面白みがなく、食後の観劇もくだらないに決まっていると胸の中で八つ当たりする。のんきに喉を鳴らすアタブとはなにもかも大違いだ。アタブのほうは体の曲線のすみずみまで大満足をあらわして、またしてもソファの隅っこに丸まっていた。

それでも、狙った雀はきっちり仕留めていた。


（The Philanthropist and the Happy Cat）

お買い上げは自己責任で

なんちゃってボヘミアンがたむろする、ソーホーのアウル街にあるニュルンベルク亭へは本物もぽつりぽつりと流れてくる。中でも、とびきり見定めにくくて興味をそそるボヘミアンはゲプハルト・クノップフシュランクだった。友人はおらず、店の常連を無差別に知人扱いするが、おもてのアウル街や広い世間まで手を広げる気はないらしい。店内の態度は、ふりの冷やかし客相手に天気や不景気、たまに関節炎などの世間話をする市場のやり手おばさんとかなり似ているが、かといってその先へ踏み込んで相手の暮らしぶりに深入りするとか、将来の抱負を吟味しようとかする気配は一向になかった。

うわさの限りではなんでもポメラニア某所のさる農家のせがれで、二年ほど前に、豚やガチョウの世話などの労働や責任一切を放棄、ひとかどの画家めざしてロンドンへ出てきたという。

「パリやミュンヘンでなく、なぜロンドン？」と、だれかが不思議がって尋ねたことがある。まあ言ってしまうと、シュトルプミュンデからロンドンへの船便は月二回あり、客をあまり乗せないかわりに安くあがる。そこへいくとミュンヘンやパリまでの鉄道は安くない。一世一代の旗上げの舞台にロンドンを選んだのはそういうわけだった。

ニュルンベルク亭の常連たちが長らく真剣に気をもむ疑問がひとつあった。ガチョウ飼い上がりのこの移民青年は、はたしてこれから栄光へ大きく羽ばたく本物の天才か、それとも絵の才能があると思いこんだ山師の若造に過ぎず、豚やほこりにまみれたポメラニア平原でくる日もくる日もライ麦パンをかじる日々から逃げ出す口実にしたかっただけなのか。そういった疑念や警戒にはそれなりの理由がある。この小さな店にたむろする芸術愛好家には断髪の娘や長髪の若造がごろごろいて、根拠は希薄か皆無なのに、めいめい勝手に音楽や詩や絵画や舞台芸術の非凡な天才を自負している。そこへどんな分野でも自称天才がやってくれば、どうしたって眉に唾をつけたくもなろうというもの。だがその一方、本物をうかつにあしらったり、けんもほろろに斥ける危険は身近にたえずつきまとう。あの残念なスレドンティの場合がそれだ。劇詩作家スレドンティはここアウル街ではさんざんな言われようだったが、のちになってコンスタンティン・コンスタンティノヴィッチ大公——「ロマノフ家きっての教養人」だとシルヴィア・ストラブルは言う。ロシア帝室全員と知り合いみたいな物言いだが、実は、考案者かというほどのドヤ顔でボルシチを食べる新聞記者の若造が知り合いにいるだけ——に不世出の大詩人というお墨付きを受けた。スレドンティの『死と情熱の詩集』は欧州七ヶ国語に訳されて千部単位で売れ、近くシリア語訳まで出る。こういう現況を踏まえて、目はしのきくニュルンベルク亭の批評家連中は以後の判断をあまり性急にせず、逃げ場のない物言いにも消極的になった。

ことクノップフシュランクの作品なら、検討や評価の機会はふんだんにあった。いくら孤高を保っていようと、作品については隠そうともせずに開陳して好きなように検分させたからだ。クノップフシュランクは毎晩というか、ほぼ毎晩のように七時ごろ顔を出し、いつもの席について黒の厚い紙ばさみを向かいの椅子に放ると、客一同にまんべんなく会釈して真摯な態度で飲食に向かう。やがてコーヒーになると煙草に火をつけ、紙ばさみをとってひとしきり中味をがさごそやる。そして、わざとゆっくり最新の習作やスケッチを数点選び、無言で客席から客席へ回覧させながら、新顔の客が飛ばされないようにことさら気をつける。絵の裏にはそれぞれ「売値十シリング」と明記されていた。

どれもはっきり天才の仕事かと言われると微妙なものがあるが、画題選びはもれなく強烈な異彩を放っていた。彼の絵ではロンドンの有名な街路や公共の場所がつねに荒れ果てて無人となり、動物園や移動サーカスから逃げ出したに違いない異国情緒たっぷりの野獣がわがもの顔でうろついている。作風のもっとも際立った習作のひとつに、『トラファルガー広場の噴水池で水を飲むキリンたち』があげられるが、ケレン味と凄愴感をよりいっそう推し進めると、『アッパー・バークレー街で瀕死の駱駝《らくだ》に襲いかかるコンドルの群れ』になるだろうか。前衛的な画商や一山当てたい素人コレクター向けに売りつけようと画策中の、数ヶ月かけた大作の見本写真もあった。題して『ユーストン駅に眠るハイエナの群れ』、底なしの荒廃をさりげなく出すには最適の取り合わせだ。

「もちろんとても巧みな、ひょっとすると絵画史上画期的な作品ということもありえますよ」シルヴィア・ストラブルが取巻き連中に話した。「でも、裏を返せばただの狂気の沙汰もありえますから。もちろん、市場流通価格ばかりにこだわりすぎてもいけませんけど、専門業者があのハイエナの絵とか、いっそスケッチでいいからどれかに値をつけてくれれば、あの人なりの作品の位置づけがもっとはっきりするんですけど」

「近いうちにみんなで地団駄踏むんじゃないかしら」と、ミセス・ヌーガット－ジョーンズが、「あの紙ばさみごとスケッチを買いしめておけばよかったって。とはいえ、本物の天才が掃いて捨てるほどいるのに、ちょっと素頓狂な絵に十シリングも出す気はしないわ。そういえば先週見せてくれた『アルバート記念碑に営巣するサケイ』なんかすごく立派だし、雄大で技巧もすごいのはもちろんわかるの。でも、どうもアルバート記念碑には見えないし、サー・ジェイムズ・ビーンクエストによれば、サケイは巣を作らず、じかに地べたで寝るんですって」

ポメラニア出身の画家にどんな技能や天賦の才があったにせよ、画商に全く通じなかったのは確かだ。あの紙ばさみはさっぱり売れないスケッチのせいでずっと嵩《かさ》が減らず、ニュルンベルク亭の才子連中に『ユーストン駅の昼寝《シエスタ》』の異名をもらったあの大作はいぜんとして売り出し中のままだった。そのうちに逼迫の外的徴候が目立ちはじめた。夕食では安いクラレットのハーフボトルが小さいグラス売りのビール、そのうちただの水へと落ちた。一シリング六ペンスのコースディナーは毎日でなく日曜の贅沢になり、あとの六日はパンとチーズに六ペンスのオムレツでよしとし、そのうち全く顔を出さない晩も出てきた。めったにないが、一身上の話に触れる場合でも美術の壮大な話はなりをひそめ、ポメラニアの話をよくするようになった。

「うちのほうは今ごろが農繁期なんだ」と、恋しそうに、「収穫後の畑へ豚どもを放すから、見ててやらないと。あっちにいれば手伝ってやれるのに。とてもじゃないが、こんなところじゃ食っていけないよ。芸術の値打ちがわからないんだから」

「だったら、ちょっと帰ってくれば?」誰かが如才なく尋ねた。

「ああ、でも金が! シュトルプミュンデ行きの船賃もだが、下宿代もたまってる。この店のつけだって何シリングかあるんだ。スケッチがいくらか売れてくれれば――」

「なんなら」ミセス・ヌーガット-ジョーンズが提案した。「少しだけ値段を下げたら、喜んで何枚か買い手が出るんじゃないかしら。そんなに羽振りの良くない人なら、十シリングじゃっついつい模様眺めになっちゃうのよ。六シリングか七シリングになれば、もしかして――」

百姓根性は抜きがたい。値引きしたらと提案されただけで、たちまち用心する目になって口もとが険しくなった。

「一枚九シリング九ペンスだ」と切り口上になり、ミセス・ヌーガット－ジョーンズが乗ってこなかったのでがっかりしたらしい。どうやら七シリング四ペンスと応じてくるのを待っていたようだ。

数週間すると、クノップフシュランクはアウル街の店にますますご無沙汰し、注文はよけいみすぼらしくなった。そこへ晴れの日が訪れ、ある晩ごきげんで早めに来ると、宴会と言っても過言ではないような凝った食事を注文した。厨房に常備した材料では足りず、ポメラニア名産の珍味であるガチョウ胸肉の燻製はコヴェントリー街の輸入珍味店に運良くあったのを一人分だけ至急取り寄せ、仕上げに長い首のラインワインを瓶ごと出させて、にぎやかな宴のテーブルができあがった。

「どうやらあの傑作が売れたらしいわよ」シルヴィア・ストラブルが、後からきたミセス・ヌーガット－ジョーンズにささやいた。

「買い手は？」と、ささやき返す。

「さあ。本人の口からはまだなんにも。でも、きっとアメリカ人ね。ほら、デザートに小さなアメリカ国旗が立ってるし、有料ミュージックボックスに三度も一ペニーを入れて、『星条旗』、スーザのマーチ、また『星条旗』の順で鳴らしたの。きっとアメリカの億万長者で、代金にひと財産転がりこんだみたいよ。こみあげる笑いが止まらない顔だもの」

「誰が買ったか、ぜひ尋ねなくちゃ」と、ミセス・ヌーガット－ジョーンズ。

「しいいっ！　だめだめ。さ、早いとこさっさとスケッチを手に入れましょ、有名人になったのを感づいたと悟られないうちに。向こうにそうと知れれば倍値に釣り上げられちゃう。でも、ようやく成功してよかったわねえ。だって私、ずっと信じてたんだもの」

　ミス・シルヴィア・ストラブルは一枚につき十シリングでアッパー・バークレー街の瀕死の駱駝と、トラファルガー広場で水を飲むキリンを買った。ミセス・ヌーガット－ジョーンズは同額で営巣サケイのスケッチを入手した。もっと意欲作の『アシーニアム・クラブの正面階段で争う狼群と黄尻鹿《ワピチ》』は十五シリングで売れた。

「で、これからどうなさるんです？」たまに美術週刊誌へちょこちょこっと小ネタを寄稿する若造がたずねた。

「船便がありしだい、シュトルプミュンデへ帰る」画家が答えた。「ずっとあっちにいる。もう二度と来るもんか」

「でも、お仕事は？　画家としての将来は？」

「あ、全然だめね。飢え死にするよ。今日までスケッチ一枚売れなかった。今夜は君らが数枚買ってくれたけど、それっておれが行っちゃうからだろ、ほかの時なら全然売れなかったもん」

「でも、アメリカ人に——?」

「ああ、あの金持ちアメリカ人か」画家は含み笑いした。「天の助けだね。うちの豚の群れが畑に出る途中に運よく車を突っこんでくれてさ。いちばん上等の豚をかなりひき殺されたけど、耳をそろえて全額賠償してくれた。もしかするとそれ以上かな、あと一ヶ月太らせて出荷した値段のゆうに数倍だからな、でもそいつはダンツィヒへ急ぐ途中でね。急いでりゃ、いやでも言い値を払うわな。いやあ、金持ってるアメリカ人ってのはありがたいもんだねえ、いつだってどっかへ急いでるんだから。で、すっかり懐があったまったおやじとおふくろが金を送ってよこしたんだ。借金をきれいにして戻ってこいとさ。月曜にシュトルプミュンデへ発つよ、もう二度とこないね。絶対だ」

「でも、あの絵は、あのハイエナは?」

「だめだね。大きすぎてシュトルプミュンデまで運べん。火にくべるよ」

やがて記憶は薄れるだろうが、目下のところ、ソーホーのアウル街にあるニュルンベルク亭でクノップフシュランクの話題といえば、スレドンティと並んで一部常連のトラウマになっている。

(On Approval)

訳者あとがき——動植物こぼれ話

好評の前作『クローヴィス物語』に続いて、サキの *Beasts and Super-Beasts*（一九一四年）をオリジナル短篇集全訳でお届けする。

本来の並び順で読み返せば、バーナード・ショーの『人と超人』をもじったタイトルの意図が鮮明になるだろう。beastという単語は野獣にとどまらず、「人でなし」、はては人狼のような「人外の化け物」まで意味の幅がある。さらに上をいくsuperカテゴリに分類されたのがどんな〝生き物〟かは、お読みになった通りだ。

サキの略歴は前作のあとがきでお伝えしたので、今回は趣向を変えて、本書に登場したけだものや植物などを取り上げるついでにサキ自身の動物イラストをいくつかお目にかけたい。いずれも姉エセルによる伝記所収で、商業出版で紹介されるのはたぶん初めてだろう。結果として、ゴーリー画伯とサキ画伯のささやかな競演が本書で可能になった。紙数の都合で載せきれない分は、ひきつづき巻をあらためてご紹介の予定につき、どうぞお楽しみに。この趣向を、白水社および藤原編集室の各位はじめ、ご尽力賜った多数の方々に感謝とともに捧げたい。

植物（Flora）の部

『クローヴィス物語』序文で指摘されたようにサキは異国風の人名や地名を好んだ。ただし、植物に限ってはごくありふれた英国の草木を繰り返し登場させて、対比のめりはりをつけている。出番が多いのはベリー類、それにカリンやマルメロ。いずれも英国伝統のビタミンC源で、自家栽培は堅実な家政をしのばせる。ベリー類は生食以外にジャムやソースやデザートと日々の食卓をにぎわし、生食に不向きな後者は豊富なペクチンで羊羹《ようかん》のように固め、フルーツチーズと呼んで航海用の保存食などに利用した。原産地である中東の加工法がイベリア半島経由で英国へ伝わったとされ、やはりイベリア半島から日本へ渡来した名残が、熊本銘菓の「かせいた」。カセイタというのは、チーズを意味する十五世紀のスペイン語の発音の写しだ。

マルメロと違って、西洋カリン medlar は日本に広まらなかった。果実は特大のローズヒップそっくり、味もその系統で日本人が果物と認識するほどの風味はない。三〜五メートル程度の木に十センチほどの鋭いトゲが生え、うかつに登ればけがをする。『大豚と私』の某嬢は相当なおてんばと思っていい。

母の日のカーネーションはアメリカで一九〇七年に始まった風習だが、それ以前はバラと並んで古式ゆかしい求愛の花だった。とくに中世英国では、求婚のしるしにクローヴ・ピンクを贈るならわしがあったという。してみると、『荒ぶる愛馬』の某氏は意外に古風な人かもしれない。

けだもの（Fauna）の部

本書の『禁断の鳥』に、けげんな顔をなさった向きもおありだろう。先行訳では buzzard を「ハゲタカ」とした場合が多い。しかしながら英語の buzzard はノスリが正しく、ハゲタカは vulture が一般的だ。また、ハゲタカという日本語はハゲワシまたはコンドルの俗称であり、正確さに欠けるため本書はコンドルに統一した。

豚はわりあい簡単に先祖返りするので知られている。野生のイノシシもどきに牙が生えたり、気性が荒くなることもよくある。去勢すればやや大人しくはなるが、『大豚と私』のタイトルロールのような個体は、できれば遠くからそっと見守るだけにしておきたい。

定番モチーフの感もある狼や猫科猛獣に限らず、サキはたけだけしい野性を好んだ。『クローヴィス物語』執筆当時は大山猫の仔にぞっ

さて、問題です。同時にふたつを食べるには。

こんで、食い意地を愛情たっぷりに茶化したコメントつきの直筆スケッチを残している。実物はこんな愛嬌者どころか、相当に怖かったらしい。「成獣になってからは獰猛で、本当に生きた心地がしなかった」とは、餌やり役だった姉エセルの弁である。

お次は十代前半のスケッチ。エドワード・リア風のリメリックに、猛獣好み、道徳家嫌い、残

The was a young girl called O'brien
Who sang Sunday-school hymns to a lion;
Of this lady there's some
In the lion's tum-tum,
And the rest is an angel in Zion.
THERE'S A HOME FOR LITTLE CHILDREN

オブライエンのお嬢さん
ライオンさんに賛美歌ご披露
それで相手は腑に落ちて
いくらか胃の腑におさまって
あとは野となれ黙示録

酷な結末という後年の片鱗がはっきりうかがえる。『お話上手』のお話の原点とみてよさそうだ。

サキの動物好きは昔からで、欧州旅行から帰国してビルマへ赴任するまではジリーと名づけたフォックステリアを飼っていた。やはり直筆スケッチが残っている。姉エセルによれば大の仲良しで、いつも一緒だったという。

“ジリー”

超けだものの土壌

本書の super-beasts は男女に分かれ、本書を皮切りに繰り返し登場する者もいる。当時はこの中の若い男をとくに Nut（いまどき君）、若い女を Flapper（おてんば娘）と呼んだ。ともに、因襲に縛られないエドワーディアンの若者の自由奔放さを、上のヴィクトリアン世代が嫌った呼び名である。

十九世紀末から二十世紀初めは、独仏の確執を軸に欧州がきな臭くなり、富の再分配を求める動きが激化、王侯貴族や富裕層の足場が揺らぎだした。英国も例外ではなく、亡きエンゲルスの衣鉢を継いだ第二インターナショナルが各種ストライキを指導した。早い話が『冷徹無比の手』

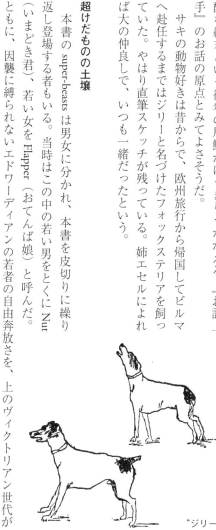

の冒頭や『ビザンチン風オムレツ』のように、権威による頭ごなしが前ほど通用しなくなってきたわけだ。対外的にもボーア戦争をきっかけに政治経済に翳がさしたものの、刹那的な娯楽や消費が社会にはびこる程度にはまだ余力があった。

サキは本書でそんな大衆文化の牙城をいくつか取り上げ、さりげなく皮肉な名をつけている。たとえば百貨店のひとつは魔女の狂宴にちなんで、「ワルプルギス・アンド・ネトルピンク」(『夢みる人』)、かたや「ゴライアス・アンド・マストドン」(『毛皮』)をあえて邦訳するなら「見掛倒《みかけだおし》百貨店」といったところか。「わかる人だけわかってください」の態度はあいかわらずだ。

当時のロシア皇帝は英王室とも姻戚で、強権を誇る世界一の富豪とうたわれた。ロシア革命が起きたのは、本書刊行からわずか三年後である。その前年にサキは死んだ。

十歳のサキ。「ひよっこちゃん」と呼ばれた線の細い子だった。だが、か弱い見かけに似合わぬ反骨精神こそが、元祖「超けだもの」の真骨頂である。

本書はSaki, *Beasts and Super-Beasts*（1914）の完訳です（白水Uブックス・オリジナル）。エドワード・ゴーリーの挿絵はサキのドイツ語訳選集*Die offene Tür und andere Erzählungen*（Diogenes, Zürich, 1964）のために描かれ、*The Unrest-Cure and Other Stories*（The New York Review of Books, 2013）に再録されたものです。

——編集部

著者紹介

サキ　Saki

本名ヘクター・ヒュー・マンロー。1870年、英領ビルマ（現ミャンマー）で生まれる。父親はインド帝国警察の監察官。幼くして母を亡くし、英国デヴォン州で祖母と二人のおばに育てられる。父親と同じインド警察勤務の後、文筆家を志し、1902年から1908年まで新聞の特派記者としてバルカン半島、ワルシャワ、ロシア、パリなど欧州各地に赴任。その後ロンドンに戻り、辛辣な諷刺とウィットに富んだ短篇小説を「サキ」の筆名で新聞に発表。『ロシアのレジナルド』（1910）、『クローヴィス物語』（11）、『けだものと超けだもの』（14）などの作品集で短篇の名手として評価を集める。第一次世界大戦が勃発すると志願兵として出征、1916年、フランスの西部戦線で戦死した。没後まとめられた短篇集に『平和の玩具』（19）、『四角い卵』（24）がある。

訳者紹介

和爾桃子（わに　ももこ）

英米文学翻訳家。訳書にサキ『クローヴィス物語』（白水社）、ロバート・ファン・ヒューリック〈狄（ディー）判事シリーズ〉（早川書房）、ジョン・ディクスン・カー『夜歩く』『髑髏城』『蝋人形館の殺人』（創元推理文庫）、ジェイソン・グッドウィン『イスタンブールの群狼』、ポール・ドハティ『教会の悪魔』（以上早川書房）ジョン・コリア『ナツメグの味』（共訳、河出書房新社）などがある。

編集＝藤原編集室

白水uブックス　204

けだものと超けだもの

著　者　サキ
訳者©　和爾桃子
発行者　岩堀雅己
発行所　株式会社白水社
東京都千代田区神田小川町 3-24
振替　00190-5-33228　〒 101-0052
電話（03）3291-7811（営業部）
（03）3291-7821（編集部）
www.hakusuisha.co.jp

2016年 1 月 20 日　第 1 刷発行
2024年 3 月 30 日　第 5 刷発行
本文印刷　株式会社精興社
表紙印刷　クリエイティブ弥那
製　　本　加瀬製本
Printed in Japan

ISBN978-4-560-07204-2